KB213442

한국문학 의 구조

한국문학의 구조

조영일

비고

차례

한국문학의 구조

세계문학론의 기원

저는 2010년 한 문예지(『오늘의문예비평』)에 '세계문학으로'라는 제목의 글을 1년간 연재했습니다. 그것을 묶어서 이듬해 출간한 것이 『세계문학의 구조』(2011)입니다. 이 책은 긍정적으로든 부정적으로든 언론의 주목을 받았지만 소위 문단으로부터는 외면을 당했습니다. 그래서 이 책이 일본에서 출간된 후 『신초』나 『문학계』 등에서 서평이 나오고 『스바루』로부터 인터뷰 요청까지 받았을 때, 한편으로는 기쁘면서도 한편으로는 당황스러웠습니다.

먼저 한국문단이 이 책을 외면한 데는 나름 이유가 있다고 생각합니다. 한국의 문학인으로서는 도저히 받아들이기 힘든 주장("한국에는 근대문학이 존재하지 않는다")을 하고 있기 때문입니다. 그 동안 저는 문학시스템의 폐쇄성과 출판계의 불공정성을 집요하게 비판해 왔는데, 그렇게 한 것은 문학출판시스템을 공정하게 바꾸면 한국문학이 그 동안의 부진을 털고 새롭게 도약할 것이라는 막연한 기대감 때문이었습니다.

『가라타니 고진과 한국문학』(2008)과 『한국문학과 그 적들』(2009)은 그런 입장에서 나온 결과물로, 나름 한국문학에 대한 애정이 담긴 책들이었습니다. 의외로 불편하게 생각한 사람들이 많았지만요. 『세계문학의 구조』는 이런 작업의 연장선상에 있는 것처럼 보이지만 결정적인 단절이 존재합니다. 그것은 일국문학을 벗어나 다음과 같은 질문을 던지고 있기 때문입니다.

"문학이란 무엇인가?" 좀 더 구체적으로 말하면, "문학은 모두가 반드시 누려야 할 보편적인 예술장르인가?", 그렇다면 "왜 어떤 나라는 발전해 있고 어떤 나라는 그렇지 못하는가?", 그리고 "문학을 즐기지 못하는 사람들이 있는 것은 왜인가?", "문학은 국가가 개입하면서까지 발전시켜야 할 무엇인가?", 그렇다면 "문학에서 발전이란 무엇인가?"

2010년을 전후로 한국에서는 두 가지 현상이 두드

러졌습니다. 첫째는 세계문학전집의 붐이었고, 둘째는 세계문학론의 부상이었습니다. 그렇다면 왜 하필이 시기 이것들이 문제로 등장한 것일까요? 저는 두가지 이유 때문이라고 생각합니다. 첫째는 한국문학의 침체입니다. 지금 생각하면 먼 옛날이야기처럼 들릴지 모르지만 당시에는 이곳저곳에서 한국문학의 위기가 이야기되었습니다. 출판시장의 축소 탓에 문학시장 자체가 위축된 것도 있지만, 그나마 남은 독자들마저도 한국문학 대신에 외국문학을 읽었습니다. 덕분에 인구가 5천만밖에 되지 않은 나라에서 10여 종의 세계문학전집이 간행되기에 이릅니다.

지금은 그때와 분위기가 조금 다르지만, 가장 많이 팔린 〈민음사 세계문학전집〉(첫 번째 권의 간행은 1998년)의 경우 현재 363권[1]까지 간행된 상태이며 앞으로도 계속해서 나올 예정입니다.[2] 여차하면 1,000권까지도 나올 기세입니다. 이미 세계신기록을 갱신 중이고요. 이처럼 20년 넘게 계속 간행될 수 있

[1] 2022년 9월 기준으로는 413권까지 나와 있다.

[2] 이전까지 간행된 가장 큰 규모의 세계문학전집은 소비에트판 『세계문학총서』(1967-1977)로 총 200권으로 완결되었다.

는 것은 무엇보다도 그것들이 팔리기 때문입니다. 독자들은 재미없는 국내작가의 책보다 검증이 끝난 해외작가들의 책을 선택한 것입니다.

둘째는 이런 위기상황을 타개하려는 시도입니다. 한국에서 세계문학론을 주도한 것은 백낙청을 중심으로 하는 소위 창비 진영(문예지『창작과비평』과 한국작가회의가 중심이 된 문학그룹)의 평론가들이었습니다. 민족문학론을 내세우며 문학의 사회참여를 주장한 이들은 1980년대까지만 해도 문단의 헤게모니를 쥐고 있었습니다. 하지만 사회주의권이 붕괴하고 냉전시대가 종식되자 급속히 영향력을 상실합니다. 물론 출판사 창비는 발 빠르게 기존의 색깔을 감추고 아동서나 대중서(『소설 동의보감』,『나의 문화유산답사기』등)를 출간함으로써 큰 상업적 성공을 거두지만(현재 매출 5위 안에 드는 출판사입니다), 더 이상 이전과 같은 문단적 지위를 유지할 수 없게 됩니다.

이런 상황에서 등장한 것이 바로 세계문학론이었습니다. 이것은 창비 진영의 공식문학론인 민족문학론의 업그레이드 버전이었는데, 여기에는 다음과 같은 논의들이 담겨 있습니다. '세계화 시대의 민족과

문학', '세계문학의 지평에서 한국문학의 보편성', '한국문학의 세계화', '일본문화의 해외소개와 역사와 현황', '서구중심의 세계문학과 아시아문학' 등. 그런데 가만히 살펴보면 이런 논의들이 향하고 있는 곳이 보입니다. 한국문학의 세계화가 바로 그것입니다. 바꿔 말해 "어떻게 하면 한국문학을 세계문학으로 만들 수 있는가?"가 문제였던 것입니다.

참고로 저 역시 이와 관련된 논의에 참석하여 「무라카미 하루키와 세계문학」이라는 글을 발표했습니다. 결과적으로 제 글은 제외된 채로 책이 나왔지만요.[3] 제 글이 빠진 데에는 나름의 사정이 있었을 것으로 생각되는데, 여기서 문제 삼고 싶은 부분은 이것이 아니라 왜 갑자기 이와 같은 담론이 등장했는가 하는 것입니다.

저는 그 배경으로 두 가지 사태가 있다고 생각합니다. 하나는 창비에서 출간되어 무려 200만부나 팔린 『엄마를 부탁해』의 대성공입니다. 한국문학이 영향력을 잃어가던 시기에 혜성처럼 등장한 이 작품이 보

[3] 김영희/유희석 엮음, 『세계문학론』, 창비, 2010. 참고로 졸고는 이후 다음 책에 수록된다. 김용규/김경연 편, 『세계문학의 가장자리』, 현암사, 2014.

여준 성공은 문단과 출판계, 특히 창비 진영을 들뜨
게 만들었습니다.

다른 하나는 한국기업의 성공적인 해외진출입니
다. 1996년까지만 해도 삼성전자의 시가총액은 소니
의 1/11에 불과했습니다. 하지만 2002년에 마침내 역
전하더니 지금은 큰 차이로 벌어져 있습니다.[4] 이것
•••
[4] 패전 직후인 1946년, 라디오 수리점을 하던 이부카 마
사루가 모리타 아키오와 함께 도쿄통신공업회사를 세우는
데, 이것이 이후 전후일본을 대표하는 기업인 소니의 모태
다. 참고로 무라카미 하루키는 이 즈음에 태어난다(1949년
생). 소니를 상징하는 대표상품으로는 워크맨을 이야기하
지 않을 수 없는데, 이 기기의 등장은 음악감상의 방식을
근본적으로 바꾸었다는 점에서 타자기나 축음기의 발명만
큼이나 큰 의미가 있다.
  근대문학의 특징으로 흔히 혼자만의 독서와 묵독이 이야
기된다. 그런데 이런 것들이 가능하기 위해서는 무엇보다
휴대성이 담보되어야 한다. 즉 공간적 제약으로부터 자유
로워져야 한다. 문제는 이런 변화가 내용에도 영향을 끼친
다는 사실이다. 작가는 이제 낭독을 고려하지 않아도 되기
때문이다. 하지만 음악의 경우 오랫동안 그와 같은 경험이
불가능했다. 축음기는 굳이 연주회장에 가지 않고도 음악
을 감상할 수 있게 만들었지만, 여전히 음악은 공동의 경험
이었다. 그런데 워크맨은 이런 제한을 완전히 없애버렸다.
  워크맨이 등장한 1979년은 흥미롭게도 무라카미 하루키

14

을 상징적으로 보여주는 상품으로는 스마트폰을 들 수 있는데, 삼성은 정확히 『엄마를 부탁해』가 출간된 해인 2008년, 애플의 아이폰에 대항하여 스마트폰 사업 진출을 선언합니다. 그리고 나온 것이 옴니아입니다. 국내에서는 나름 주목을 받지만(당시는 아직 아이폰이 국내에 정식으로 출시되기 전입니다) 해외에서는 처참한 실패를 맛봅니다. 하지만 운영체제를

의 데뷔작 『바람의 노래를 들어라』가 출간된 해이기도 하다. 하루키 작품이 가진 독특함에 대해서는 여러 가지 해석(주로 미국현대소설의 영향)이 있지만, 다른 무엇보다 도시나 군중, 또는 역사 속에서 홀로 음악을 듣는 감각과 관련이 있다. 원하는 BGM을 깔고 세상을 바라볼 수 있게 된 시대, 그의 소설에서 언급되는 음악들은 사실상 소설의 OST 역할을 하고 있다고 해도 과언이 아니다. 즉 그것들은 단순히 작가의 취향을 드러내는 소품이 아니라 작품의 본질과 관련이 있는 이미지나 메시지다. 그리고 그것들은 재즈처럼 계속 변주된다. 하루키의 첫 소설은 그런 "(바람의) 노래를 들어라"고 명령하는 것이다.

이런 맥락에서 하루키의 문학은 소니라는 기업의 흥망성쇠와 나란히 한다는 해석도 가능하다(소니가 세계적인 게임회사라는 점도 주목하자). 실제 소니가 삼성에 의해 추월당하는 2002년 이후 그의 문학은 어떤 한계에 도달한 것 같은 모습을 보여주고 있다. 즉 이후의 작품들은 일종의 리사이클(『기사단장 죽이기』에서의 표현) 같은 느낌이 든다.

윈도우즈 모바일에서 안드로이드로 갈아타는 등 절치부심 끝에 출시한 갤럭시S2는 세계적으로 큰 성공을 거두며 사실상 아이폰의 유일한 대항마로 떠오릅니다. 그리고 마침내 애플을 제치고 스마트폰 점유율 세계 1위에 오릅니다(삼성 갤럭시 22.7%, 애플 아이폰 13.8%).

갤럭시S2가 미국을 포함하여 세계적으로 큰 주목을 받은 2011년은 『엄마를 부탁해』의 영어판이 출간되어 〈뉴욕타임즈〉 베스트셀러 양장본 소설부문 14위에 오르는 해이기도 합니다. 초판만 무려 10만부를 찍은 이 책은 미국 언론의 호평을 받았을 뿐만 아니라 '오프라 북클럽'의 '이달의 베스트북'에도 선정됩니다. 그러자 한국의 문학계와 언론은 '신경숙 띄우기'에 적극 나섭니다. 이런 일련의 과정을 돌이켜 보면 10여 년 전에 갑자기 등장한 세계문학론은 이 작품의 세계진출을 이론적으로 뒷받침하려는 노력이 아니었나 하는 생각이 듭니다. 실제 이런 추측을 뒷받침하는 사건이 뒤이어 일어납니다.

인내·책임·배려

한 국문과 교수는 『엄마를 부탁해』가 보여준 미국
에서의 성공에 감격한 나머지 다음과 같은 글을 신문
에 기고합니다.

경이롭다. 이런 성공 뒤에는 당연히 원작-번
역-출판(편집 및 홍보) 측면에서의 경쟁력이 뒷
받침되었다. 당연해야 했던 것이 당연하지 못했
던 그간의 사정으로 작가의 말마따나 미국에 한
국문학의 첫눈이 이제야 제대로 내리고 있으니
감회가 새롭다.[5]

물론 『엄마를 부탁해』가 미국에서 좋은 평가만 받
[5] 김미현, 「신경숙과 바벨탑」, 〈동아일보〉, 2011년 4월
23일자, 강조는 인용자.

17

은 것은 아닙니다. 조지타운대학 영문과 교수인 머렌 코리건Maureen Corrigan은 한 공영 라디오방송에 출연하여 "만약 한국인에게 문화적인 장르가 있다면, 그것은 교묘하게 눈물을 짜내는 언니 취향의 멜로드라마 중에서 여왕격인" 소설이라고 비판하면서 "왜 문화적으로도 이질적인 자기연민에 빠져들려 하시나요? 와인을 마시고 김치 냄새나는 크리넥스 소설이 주는 싸구려 위안을 얻으려 하지 마세요"라고 비판했습니다.

집작하시겠지만, 한국의 문학계는 크게 반발했습니다. 인종차별적인 발언이라며 불쾌감을 감추지 않았습니다.

호사다마好事多魔랄까. 이런 희소식에 섞여 미국 대학교수가 공영 라디오 방송(NPR)에서 "김치냄새 나는 크리넥스 소설"이라고 혹평한 것이 알려지기도 했다. 미국인이 이해하기 힘든 한국적 모성 이야기로 값싼 위안을 강요한다는 것이다. 미국 전체 출판시장에서 외국 문학 번역서의 비율이 1%에 불과하다니, 이런 거부반응이나 견제의식 또한 어쩌면 당연한지도 모르겠다.(같은

글, 강조는 인용자)

뜻밖에도 필자는 코리건의 비판을 문제 삼지 않습니다. 대신에 자국문학중심주의에 빠진 미국인들의 당연한 견제의식과 거부반응에 대해 이야기합니다. 그런데 흥미로운 것은 그 다음입니다.

> 비서구인으로서 최초로 노벨문학상을 받은 타고르가 세계에 널리 알려진 것은 벵골어로 쓴 자신의 작품을 스스로 영역한 후이다. 물론 이럴 때는, 움베르토 에코의 『장미의 이름』이 영역될 때 이탈리아적 색채가 많이 약화되었듯이 미국식 번역이 강요하는 자민족중심주의를 참아야만 한다. 외국어로 번역될 때 까탈 부리기로 소문난 밀란 쿤데라조차 『농담』을 영어로 번역할 때는 자발적으로 체코 역사에 대한 부분들을 삭제하면서 영미 독자들의 편의를 도모했다.(같은 글, 강조는 인용자)

라빈드라나트 타고르, 움베르트 에코, 밀란 쿤데라를 호명한 필자는, 놀랍게도 미국의 자민족중심주의를 인내해야 한다고 주장합니다. 불합리함을 감수해야 한다는 것이지요. 왜 이런 주장을 하고 있는 것일까요? 이유는 간단합니다. 미국진출을 위해서입니다. 그렇다면 수많은 나라 중 왜 하필 미국일까요? 좋든 싫든 그것이 한국문학의 세계화를 위한 지름길이라고 믿고 있기 때문입니다.

그리고 친절하게도 비영어권 문학(비서구권 문학이라면 더더욱)이 세계문학이 되기 위해 견뎌야 하는 불합리함이란 바로 영미권 독자의 편의에 대한 배려라고 덧붙입니다. 바꿔 말해 타고르도 에코도 쿤데라도 이런 불합리함에 대한 감수 없이는 미국에서 성공할 수 없었을 뿐만 아니라 세계문학의 반열에 오르지 못했을 것이라는 주장입니다. 이와 관련해서는 여러 가지 이야기가 가능할 것입니다. 하지만 여기서는 적어도 쿤데라만큼은 사실과 다르다는 점을 언급하고 싶습니다.

실제 쿤데라는 『농담』의 영역본과 관련하여 다음과 같이 말한 바 있습니다.

우여곡절을 거쳐 이제야 제대로 된 책이 되었다. 10년 가까이 걸렸다. 그전의 번역본은 모두

엉터리였다. 슬픈 일이다. 이 모든 사태는 내가
체코에서 연금돼 있을 때 시작된 것이다.[6]

쿤데라는 영미독자를 배려하기 위해 스스로 자신
의 작품에 칼을 댄 적이 없을 뿐만 아니라, 도리어 그
런 배려에의 요구에 저항하여 번역자를 바꾸어가면
서까지 네 번이나 다시 번역하게 했습니다.

그렇다면 필자는 왜 굳이 이런 이야기를 꺼낸 것
일까요? 그것은 혹시 『엄마를 부탁해』의 성공요인을
미국독자에 대한 배려에서 발견하고 있기 때문은 아
닐까요. 만약 그렇다면, 그럼에도 불구하고 나온 거
부반응(예를 들어 코리건의 비판)은 어떻게 봐야 할
까요? 흥미롭게도 필자는 그것을 한국문학의 세계화
과정에서 발생하는 부득이한 스캔들로 간주합니다.

하지만 더욱 중요한 것은 이런 논쟁 아닌 논쟁
이 앞으로 한국문학이 외국에 소개될 때 계속 부
딪히게 될 딜레마일 수 있다는 점이다. 그러니 이

[6] 그는 최근에 번역된 다섯 번째 영역본에 비로소 만족
을 표했다. (「밀란 쿤데라 인터뷰 "아방가르드 문학은 속물
취미"」, 〈시사저널〉, 1995년 11월 16일자, 강조는 인용자)

에 대해 문화번역 차원에서 성숙하고 신중하게 대응해야 진정한 한국문학의 세계화에 이바지할 수 있다. (중략) 그러니 다시 우리가 우리소설들을 미국사람들보다 열심히 읽어야 할 의무가 생긴다. (중략) '포스트 신경숙'을 위해서, 그리고 숙명적인 번역의 '스캔들'을 잠재우기 위해서, 한국문학의 세계화는 한국에서부터 시작되어야 한다. 우리 문학에 대한 책임^{responsibility}은 우리 작가에 대한 애정 어린 반응^{response}과 다르지 않다. 가족부터 엄마를 사랑해야 남들도 우리 엄마를 존중해 준다.(같은 글, 강조는 인용자)

이 글의 결론은 한국문학의 세계화를 위해 독자들이 한국문학에 대해 책임감을 가져야 한다는 것입니다. 즉 '자식'인 한국독자들은 '엄마'인 한국문학이 해외에서 스캔들을 극복하고 인정을 받을 수 있도록 애정을 가지고 존중해야 한다는 말입니다. 그리고 그렇게 했을 때 비로소 포스트 신경숙(이에 대해서는 뒤에서 다루겠습니다)도 가능하다는 이야기입니다. 문제는 이런 주장이 적어도 한국에서는 매우 당연한 배려로 받아들여지고 있다는 사실입니다.

그런데 한국문학이 엄마라면 아빠는 누구일까요? 또 엄마는 무엇 때문에 굳이 집을 떠나 머나먼 이국에서 스캔들에 휘말리는 것일까요? 여기서 아빠란 혹시 삼성전자의 스마트폰은 아닐까요? 이게 그저 우스갯소리만도 아닌 게 신경숙은 『엄마를 부탁해』로 한국문학을 세계에 알린 공로로 '호암상'(삼성의 창업자 이병철의 호를 딴 상)[7]을 받습니다. 뿐만 아니라 삼성의 사보 『SAMSUNG & U』(2010년 1/2월호)와의 인터뷰에서 러시아에서 만난 삼성의 대형광고판을 언급하며 한국인으로서 자부심을 느꼈다고 애정 어린 반응을 보입니다.

하지만 이런 영광은 오래가지 못합니다. 소위 '신경숙 표절 논란'이 일어난 것입니다. 내용인즉슨 단편 「전설」(1994)이 미시마 유키오의 단편 「우국」(1961)을 표절했다는 이야기였습니다. 2015년, 한 소설가(이응준)의 고발로 공론화된 이 사건은 문단만이 아니라 한국사회 전체에 큰 충격을 주었는데, 왜냐하면 당사자가 당시 한국에서 세계적인 작가 대접을 받던 소설가였기 때문입니다. 실제 그녀는 한국문학계에

[7] 1년에 한번 열리는 수상식에는 삼성가 사람들이 대부분 참석한다고 한다.

서 노벨문학상 후보로 생각하는 작가 중 한 명이었습니다.

표절인지 아닌지에 대해서는 논란이 있었지만, 이 사건으로 새삼 드러난 것은 그녀를 둘러싼 표절논란이 이번이 처음은 아니라는 사실이었습니다. 오래 전부터 여러 차례 문제제기가 있었지만(즉 여러 작품이 표절 혐의를 받았습니다) 문학계나 출판계는 몇 명 되지 않는 베스트셀러 작가를 잃게 될까 애써 외면했습니다. 여기서 주목할 점은 세계문학론을 열심히 논한 평론가들의 경우, 잠시 여론이 잠잠해지기를 기다렸다 신경숙 구하기에 나섰다는 사실입니다. 이후 백낙청은 이때를 되돌아보며 "기본을 지켜낸 것만큼은 자부할 수 있다"[8]고 회고합니다.

기본적으로 이런 입장이었기에 한참 논란이 되던 시기 한국작가회의(구 민족문학작가회의) 사무총장이 다음과 같이 이야기한 것도 무리는 아니었습니다.

표절 여부는 논외로 하고 한국문학이 이만한 작가를 만들어 낸 데는 엄청난 공이 들었다. 해외

[8] 「막내린 백낙청 시대, 출판계에 새로운 변화 올까」, 〈뉴스1〉, 2015년 11월 25일자, 강조는 인용자.

에서 이만큼 알려진 우리나라 작가는 고은 시인 외에 신경숙이 처음이므로 이 귀함에 대한 배려도 필요하다.[9]

실제 『엄마를 부탁해』은 영어판이 출간된 해인 2011년에 맨아시아문학상Man Asian Literary Prize을 받습니다. 이 문학상은 맨 그룹Man Group이 후원하는 상[10]으로, 영어로 쓰이거나 영어로 번역된 아시아 작가의 작품이 심사대상이 됩니다. 하지만 공교롭게도 이듬해(2012년) 이 상이 폐지되는데, 이유는 맨 그룹이 후원을 중단했기 때문입니다. 참고로 맨 그룹은 영국 런던에 본사를 둔 세계 3대 헤지펀드 중 하나입니다.

시간이 지나자 논란이 잦아들기는 했지만, 어쨌든 이 일로 고은과 함께 한국문학의 세계화에서 첨병 역

[9] 「신경숙 『엄마를 부탁해』도 표절?」, 〈뉴스1〉, 2015년 6월 17일자, 강조는 인용자.

[10] 이 상은 총 6년 간 유지되었는데(2007~2012년), 6명의 수상자 중에서 한국인(신경숙)이 1명, 말레이시아인이 1명, 필리핀인이 1명, 중국인이 3명이었다. 뜻밖에도 일본인은 1명도 받지 못했다.

할을 한 신경숙은 큰 타격을 받게 되었습니다. 당연히 한창 논의되던 세계문학론 역시 언제 그랬냐는 듯이 수면 아래로 가라앉았습니다. 하지만 행인지 불행인지 오래 전 같은 출판사(창비)에서 출간한 소설집 한 권이 반전의 계기를 만들어 줍니다. 한강의 연작소설집 『채식주의자』가 바로 그것인데, 이 작품은 『엄마를 부탁해』(2008)보다 먼저 출간된 책으로, 당시로서는 말하자면 한물간 책이었습니다.[11]

[11] 이 연작집에 수록된 작품은 2004년~2005년에 발표된 것들인데 반해, 『엄마를 부탁해』는 2007~2008년에 연재된 작품이다.

포식주의자의 등장과 퇴장

『채식주의자』는 2007년 작품으로, 출간 당시에는 이렇다 할 주목을 받지 못했습니다. 사실 한강이라는 작가 자체가 소수만 읽는 소설가(이자 문창과 교수)였고, 평가에서도 의견이 갈렸습니다. 문학지망생 사이에서도 인기가 없었습니다. 그도 그럴 것이 이 작품집의 허리[12]에 해당하는 작품인 「몽고반점」(이상문학상 수상작)만 봐도 시대착오적인 요소가 적지 않았기 때문입니다.

사정이 이러했기에 2010년에 영화로 만들어졌음에도 불구하고 영화화되었다는 사실조차 기억하는 사람이 거의 없었습니다. 당시는 천만영화가 해마다 나오던 시기였지만, 영화 〈채식주의자〉(2010)의 최

[12] 『채식주의자』는 세 편의 중편으로 구성되어 있다.

종관객수는 3,536명(오타가 아닙니다)에 그쳤습니다.[13] 혹자는 영화가 실패한 이유를 감독의 연출이나 배우의 연기에서 찾았지만, 이는 원작을 가진 영화가 실패할 때마다 나오는 상투어에 불과합니다. 차라리 너무나 문학적이어서 영화라는 장르에 어울리지 않은 작품이었다고 주장하는 편이 그럴듯할 것입니다.

그런데 10년 후 뜻밖의 사실이 전해집니다. 『채식주의자』가 맨부커상을 받았다는 소식이었습니다. 맨부커상은 앞서 신경숙이 받은 상(맨아시아문학상)과 마찬가지로 맨 그룹이 후원하는 상으로, 우리가 아는 맨부커상이 아니라 이 상의 자매격인 상인 '맨부커 인터내셔널상'을 말합니다. 수상대상은 영어로 번역된 외국소설입니다. 하지만 한국에서는 가즈오 이시구로, 이언 매큐언, J. M. 쿳체, 줄리언 반스가 받은 상과 똑같은 상으로 받아들여지고 있습니다. 그 때문일까 수상소식이 전해지자 한강은 일약 국민작가의 반열에 오릅니다.

앞서 말씀드린 것처럼 소설가 한강은 일반독자에게는 낯선 이름이었습니다. 하지만 '세계 3대 문학상

[13] 맨부커상을 받은 이후에 만들어졌다면, 전혀 다른 평가를 받았을 것이 분명하다.

중 하나'(이 즈음부터 한국에서 자주 사용된 표현)를 수상했다는 이야기가 연일 신문, 인터넷, TV를 장식하자 갑자기 책 주문이 쇄도했습니다. 그러더니 출간된 지 무려 10년 만에 베스트셀러 목록에 등장합니다. 그리고 무섭게(!) 역주행을 하면서 한국서점가를 집어삼키더니 그해 종합 베스트셀러 1위에 등극합니다. 방금 무섭게라는 표현을 사용했는데, 그도 그럴 것이 수상소식이 전해진 것이 5월 17일이었다는 점을 고려하면, 고작 반년간의 판매량으로 1위를 한 셈이기 때문입니다.[14]

그러니까 『채식주의자』는 『엄마를 부탁해』와 비슷하면서도 전혀 다른 케이스라 할 수 있습니다. 『엄마를 부탁해』의 경우 국내에서의 성공을 바탕으로 해외에 진출했다면, 『채식주의자』의 경우 해외에서의 수상을 통해 국내로 역수입되었기 때문입니다. 들리는 이야기에 따르면, 수상소식이 전해지고 불과 3일간의 판매량이 지난 10년간의 판매량을 능가했다

[14] 본고에서 참조한 베스트셀러 순위는 한국에서 가장 큰 온오프라인서점인 교보문고가 공개한 것에 따른다. 참고로 교보문고는 12월 초반까지를 집계하여 매해 순위를 발표한다.

고 합니다. 물론 『엄마를 부탁해』도 미국에서의 성공 소식이 전해진 후 잠시 역주행을 하긴 했지만, 이 정도까지는 아니었습니다. 여하튼 『엄마를 부탁해』의 성공이 한국문학의 첫눈이었다면, 『채식주의자』의 수상소식은 한국문학의 단비였다고 말할 수 있습니다. 2009년 『엄마를 부탁해』 이후 7년 만에 다시 한국문학이 베스트셀러 1위에 올랐으니 문학계로서는 경사가 아닐 수 없었습니다.

여기서 잠시 한국의 출판시장을 살펴보면, 『채식주의자』가 역주행하기 전해인 2015년(그러니까 신경숙 표절논란으로 문학계가 떠들썩했던 해)에 한국문학은 단 한 권도 베스트셀러 10위권에 올리지 못했습니다. 이에 반해 외국문학은 3권이나 올라와 있었습니다(2014년은 무려 4권). 하지만 『채식주의자』가 1위에 오른 2016년의 경우 외국문학은 단 1권만 남고 모두 10위권 바깥으로 밀려납니다. 출판시장에서의 이런 급격한 변화는 한국문학에 대해 실망과 자부심을 오가는 독자들의 태도와 무관하지 않을 것입니다. 그렇다면 외국문학을 몰아낸 『채식주의자』는 한국문학을 구원했을까요?

당시 언론들은 '한강에 빠진 세계문학'(〈조선일

보〉), '한강, 세계문학의 심장이 되다'(〈JTBC〉), '소설
가 한강, 세계문학을 적시다'(〈동아일보〉), '한강, 세
계문학의 별이 되다'(〈매일경제〉)라는 기사를 쏟아냈
고, 심지어 한 영문학 학회는 〈세계문학과 한국문학〉
이라는 주제로 학술대회를 열어 「한강 소설, 무엇이
특별한가?-『채식주의자』와 『소년이 온다』의 세계문
학적 의의」라는 특별강연을 하기도 했습니다.[15]

그런데 이런 분위기는 다음과 같은 사실을 잊게
만들었습니다. 한 달 전까지만 해도 '『채식주의자』
와 세계문학', '한강과 세계문학', 즉 한강을 세계문
학과 연결시킨 사람은 아무도 없었다는 사실을 말입
니다. 지금은 마치 과거부터 그랬던 것처럼 여기고 있
지만요. 덕분에 이제는 '세계적인 작가 한강', '한강과
세계문학' 하는 식으로 말해도 전혀 어색하지 않습니
다. 놀라운 것은 이런 국가적 망각이 고작 해외 헤지
펀드가 준 상[16] 하나 때문에 일어났다는 사실입니다.

자, 그렇다면 한국문학은 『채식주의자』를 통해 드
디어 세계문학이 된 것일까요? 만약 그렇다고 한다

[15] 한국외국어대학교 영미연구소가 주최하는 2016년 가
을 학술대회로, 발표자는 창비에서 활동하는 평론가였다.

[16] 상금은 25,000 파운드(약 4천만 원)다.

면, 아니 적어도 그렇게 생각할 수 있다고 한다면, 그
것이 의미하는 것은 무엇일까요? 한 문학평론가는 이
문제를 다음과 같이 정리합니다.

해방 이후 한국문학은 한글의 우수성에 힘입어
독자적으로 생장할 수 있었다. 그러나 또한 한글
의 고립성 때문에 유통에 심각한 곤란을 겪어 왔
다. 1990년대 들어 번역이라는 가속기가 본격적
으로 가설됨으로써 한국문학은 세계 독자들의
손안에 가 닿을 수가 있었다. 그렇게 해서 세계문
학의 항구에 정박을 시도한 지 25년이 넘게 흘렀
다. 그동안 수다한 작품들이 주목을 받았다. 그
러나 세계문학의 양관陽關 근처에서 종종걸음을
걷는 중이었다. 그리고 마침내 『채식주의자』가
관문을 통과한 것이다. (중략)
한국문학이 세계문학의 구도 내에 진입한다는
것은 단순히 우리를 자랑하는 일이 아니다. 그것
은 차라리 세계문학의 가능성을 크게 키우는 일
에 한국의 작가들이 참여한다는 뜻이다. 그러니
까 보람 있는 일이다. 앞으로 더 많은 작가들이
이 보람 있는 사업에 동참할 것을 기대한다. 그

바깥에는 한국문학의 사멸만이 있을 뿐이기에 더욱 그렇다.[17]

정리하면 다음과 같습니다.

(현실) 한국문학은 한글의 우수성 덕분에 좋은 작품을 생산했지만, 한글의 고립성 때문에 유통에서 어려움이 있었다.

(노력) 국가의 지원(번역이라는 가속기 설치) 덕분에 세계독자의 손에 닿을 수 있었다.

(결과) 그렇게 세계문학의 항구에 정박을 한지 25년 후, 마침내 세계문학의 관문을 통과했다.

(의의) 한국문학의 세계문학 진입은 보람 있는 사업이자 한국문학의 사멸을 막는 길이다.

여기서 말하는 '세계문학'이란 한국문학과 별개로 존재하는 '해외의 문학'을 가리킵니다. 어떤 '해외'인가 하면 유통력이 강한 언어를 가진 나라들입니다. 구체적으로 제국주의시대에 자신들의 언어(영어, 불

[17] 정과리, 「마침내…한국문학이 세계문학의 항구에 닻을 내렸다」, 〈경향신문〉, 2016년 5월 17일, 강조는 인용자.

어, 독어, 스페인어)를 세계에 전파한 국가들입니다. 이 언어들은 비서구권, 특히 식민지였던 곳에 교육제도로서 지금도 굳건히 뿌리박고 있습니다. 그리고 이 제도들은 자체적으로 유통인력(번역가)을 재생산하고, 작가들은 이들의 결과물(번역물)을 모범으로 삼아 자국의 문학을 생산해 왔습니다.

그렇기 때문에 비서구권 문학이 세계문학이 되기 위해서는 무엇보다 본고장의 인정이 필요합니다. 즉 한국문학과 세계문학은 일종의 수직관계를 형성하고 있는 셈인데, 이것은 옳고 그르고의 문제도 아니고 좋고 나쁘고의 문제도 아닙니다. 식민지였던 모든 나라가 자국문학의 세계화에 목을 매는 것은 아니니까요. 그렇다면 어떤 나라가 그것에 집착하는 것일까요? 그것은 일본이 러일전쟁을 통해 얻은 자신감과 유사한 것을 획득한 나라가 아닐까 합니다.[18]

한국에는 자국문학의 수준과 관련하여 두 가지 입장이 공존하고 있습니다. 하나는 한국문학의 빈곤함을 인정하는 입장이고, 다른 하나는 한국문학은 이미 세계적인 수준에 도달했다고 보는 입장입니다. 방

[18] 자세한 것은 『세계문학의 구조』 제2장 「국민작가는 어떻게 탄생하는가?」를 참조.

34

금 살펴본 평론가의 입장은 후자에 해당한다고 말할
수 있는데, 단 한국문학이 뛰어날 수밖에 없는 이유
를 한글의 우수성에서 찾고 있는 점이 약간 독특합니
다. 참고로 전자에 해당하는 대표적인 작가로는 소설
가 박민규를 들 수 있고, 후자에 해당하는 대표적인
인물로는 소설가 황석영을 들 수 있습니다. 박민규는
한국문학은 이제 막 시작하는 단계이기 때문에 일본
문학을 따라잡으려면 한참 멀었다고 주장합니다.

　　박민규 : 실은, 한국문학은 단 한 번도 번성한
적이 없습니다. 이제 시작이에요. 이제 겨우 습작
기에 들어간 겁니다. (중략) 우리 문학의 진도가
실은, 아직 여기까지인 것입니다. 현실에 왜 자꾸
턱없는 환상을 갖다 씌우는지 모르겠습니다. 개
뿔 자존심이 있어선가요? 그건 콤플렉스죠. (중
략) 일본소설 얘길 하셨는데, 지금 일본소설이 그
만큼 많이 팔리는 이유는 일본문학이 그만큼 앞
서 있기 때문입니다. 민족의 우수성 그딴 걸 논하
는 게 아니고…… 그 사람들 우리보다 훨씬 오랫
동안 썼습니다. 훨씬 더 오래, 더 많이, 쌓고 쌓은

것입니다. 그걸 왜 인정 안 하는지 모르겠어요.[19]

이에 반해 황석영은 한국에는 노벨문학상을 받을 만한 작가가 적어도 20명은 있다는 소위 노벨문학상 20명설을 주장합니다.

"노벨상이 우리나라에게 가까이 있는 것은 사실이다. 남북 상황의 변화도 있고 해서 말이다. 우리나라에서 노벨상을 탈 수 있는 작가를 살펴본다면 아마 20명이 넘을 것 같다. 자기 정체성이나 자존심은 자기가 지켜야 하는 만큼 우리도 우리 문학에 관심을 가져야 한다."[20]

박민규의 입장에 서면 문제는 간단히 정리됩니다만, 황석영의 입장에 서면 자연스럽게 다음과 같은 질문이 나올 수밖에 없습니다. "그렇다면 한국문학은

[19] 이기호, 정이현, 박민규, 김애란, 신형철, 「한국문학은 더 진화해야 한다—젊은 작가들이 말하는 우리 시대의 문학」, 『문학동네』, 2007년 여름호, 강조는 인용자.
[20] 「황석영/은희경 "노벨상감 한국작가 20명 이상"」, 〈뉴시스〉, 2007년 8월 13일자, 강조는 인용자.

왜 세계문학이 될 수 없었던 것일까?" 하는 물음이 말입니다. 이때 대부분의 논자들이 지적하는 것은 언어의 한계입니다. 그런데 만약 그것만이 문제라면 해결책은 의외로 단순합니다. 작품은 뛰어나지만 언어 때문에 알려지지 않았다면, 열심히 번역해서 알리면 됩니다. 즉 가속기를 많이 설치하면 됩니다.

한국에서 이루어지는 세계문학 논의란 대부분 이런 방향으로 흘러가기에 모레티, 댐로쉬, 카자노바 등을 호명하며 이러저런 주워들은 이야기를 해도 항상 번역에 대한 국가적 지원을 호소하는 것으로 끝납니다. 사실 이는 한국문학의 빈곤함을 지적하는 사람도 크게 다르지 않습니다. 이들도 문학에 대한 국가의 지원 자체는 거부하지 않으니까요. 흥미로운 점은 이와 관련하여 이의를 제기하는 사람이 없다는 사실입니다. 그런 의미에서 예술에 대한 국가의 개입은 한국문학을 이야기할 때 간과해서는 안 되는 중요한 특징이라 하겠습니다.[21]

이런 사정 때문에 앞서 살펴본 평론가(정과리)는 『채식주의자』의 성공원인을 작가 개인의 능력이 아

[21] 이것의 기원이 무엇인지는 별도로 논의해 볼 만한 주제다.

니라 25년 간 이루어진 국가적 노력에서 찾은 것입니다. 그리고 이와 같은 지원의 중심에는 정부기관인 한국문학번역원이 있었습니다. 이 기관의 설립취지는 다음과 같은 인사말이 잘 보여주고 있습니다.

> 한국문학번역원은 한국문학과 문화를 전 세계에 알리는 시대적 소명을 적극 수행하기 위해 2001년 문을 열었습니다. (…) 대중문화매체인 텔레비전 드라마나, 서구문화가 혼합된 K-POP만으로는 한국문화를 제대로 알리기 어렵기 때문에, 한류가 만들어 놓은 실크로드를 따라 이제는 한국문학이 세계로 진출할 때가 되었습니다.[22]

이 글에서 한국문학의 세계화는 시대적 소명으로까지 격상되고 있는데, 여기서 주체는 물론 문학이 아니라 국가입니다. 여하튼 한국문학번역원이라는 가속기 덕분에 약 20년간 1,300권에 달하는 작품이 여러 언어로 번역되어 세계 곳곳에 뿌려졌습니다. 따라서 웬만한 한국작가 치고 외국어로 번역된 작품 한

[22] 〈한국문학번역원〉 홈페이지에 게재된 5, 6대 원장(김성곤)의 인사말, 강조는 인용자.

두 권 가지고 있지 않은 사람이 없습니다. 한국문학 번역원은 그 외에도 국내외 도서전이나 문학행사, 그리고 작가들의 해외체류를 지원하고 있기에 해외강연이나 사인회 그리고 해외체류 경험이 있는 작가들이 많습니다.

어쨌든 그 때문에 최근 20여 년 간 한국문학은 착착 한류가 만들어 놓은 실크로드를 따라 세계로 진출할 수 있었고, 그 결과 『엄마를 부탁해』나 『채식주의자』의 성공(?)이 가능했던 것입니다. 따라서 한국에서 '한국문학과 세계문학' 같은 것은 의미가 없는 논의일지도 모릅니다. 왜냐하면 그냥 지금까지 해오던 대로 하면 되기 때문입니다.

시간이 지나면 자연스럽게 '포스트 신경숙'과 '포스트 한강'이 나올 것이고, 그런 흐름이 모이고 모이면 거대한 파도가 되어 세계문학이라는 성벽을 무너뜨릴 것입니다. 그리고 종국에는 세계문학의 수도까지 진격하여 점령할지도 모릅니다. 그러니까 정부를 압박하여 보다 많은 지원을 하게 만들면 됩니다. 말이 나온 김에 한국문학번역원을 청이나 처로 승격시키는 것도 나쁘지 않을 것입니다.

그런데 여기서 정작 눈길을 끄는 것은 한국문학의

세계진출이 한국문학의 사멸을 막는 유일한 길이라는 주장입니다. 이것은 '한국문학의 세계화'에 대한 강박관념이 어디에서 왔는지 유추할 수 있는 실마리이지 않을까 합니다. 즉 '한국문학의 세계화'의 이면에는 '한국문학의 위기'가 있는데, 전자는 후자의 극복방법으로 제시되고 있다고 볼 수 있습니다. 그도 그럴 것이 이미 말씀드린 것처럼 애당초 세계문학 논의라는 게 한국문학의 위기가 운운되던 시기에 등장한 것이기 때문입니다.

이것이 단순히 한 평론가의 개인적인 생각만도 아닌 게 일찍이 김연수라는 한국소설가도 히라노 게이치로와의 대담에서 다음과 같은 말을 한 적이 있기 때문입니다.

마지막으로 얘기하고 싶은 것은 '문학이 끝났다'는 진단에 관한 것이다. 얼마 전 한국에서도 일본 평론가 가라타니 고진의 논문 「근대문학의 종언」이 화제가 된 바 있다. (중략) 내 생각은 이렇다. 죽은 것은 '근대'문학이다. 그런 말을 하는 학자나 평론가들은 근대문학을 공부한 이들이다. 나는 한 나라 안에서, 자국어만으로 이루어지는 문학이 끝났다는 뜻으로 그 말을 받아들인다. 유럽의 작가들을 보니 자국어만이 아니라 번역을 통해 독자를 확보하고 살아남는 것 같더라.[23]

여기서 한국의 소설가는 근대문학의 종언을 일국 문학의 종언으로 이해하고, 그것을 극복하는 방안으로 해외진출을 이야기합니다. 이것은 매우 기묘한 주장인데, 왜냐하면 최근 이야기되는 문학의 위기란 한 나라에 국한된 현상이 아니기 때문입니다. 따라서 해외에 나간다고 해서 뾰족한 수가 있을 리 만무합니다. 더구나 유럽작가들의 해외진출은 최근에 이루어진 것이 아니며, 그들이 가진 유통력이란 앞서 말한 것처럼 제국주의 시대에 이식된 언어와 제도에 기반하고 있습니다. 따라서 무작정 해외로 진출한다고 해서 한국문학이 유럽문학처럼 될 리 없습니다.

그런데 여하튼 『채식주의자』는 번역을 통해 서구의 관심을 받았습니다. 하지만 아이러니컬하게도 이런 인정을 통해 확보한 것은 해외독자가 아니라 그동

[23] 김연수 & 히라노 게이치로, 「문학은 '한류' 없고 '일류'만… 얕은 교류 아쉬워」, 〈한겨레〉, 2005년 10월 30일자, 강조는 인용자.

안 이 작품에 관심이 없던 한국독자였습니다. 즉 유럽의 인정을 받아 유럽시장을 개척한 것이 아니라 내수시장을 개척한 셈입니다. 이벤트란 화려하면 화려할 수록 오래 갈 수 없는 법입니다. 실제로 분위기에 휩쓸려 이 책을 산 독자들의 반응도 그리 신통치 않았습니다. 폭력에 대한 자극적인 서술과 불필요한 선정적인 묘사로 가득했기 때문입니다. 따라서 팔린 것에 비해 정작 내용 자체는 거의 화제가 되지 않았습니다. 좋게 평가하자면 매우 문학적인 작품이라고 말할 수 있는데, 어쩌면 이런 점이 서구인들에게 역으로 어필했는지도 모릅니다.

작품 자체만 놓고 보면, 『채식주의자』는 지금과 같은 분위기에서는 도리어 비판받을 여지가 큰 작품입니다. 남성작가였다면 더욱. 하지만 맨부커상을 수상하여 국위를 선양하고 한국문학을 세계문학의 반열에 올려놓은 작가의 작품에 감히 이의를 제기할 평론가는 없었습니다. 비국민이 되기를 원하는 사람은 아무도 없으니까요. 그런 의미에서 통속적이라는 이유로 적잖은 비판에 시달린 『엄마를 부탁해』와는 많이 달랐습니다. 어쨌든 이후 문학계는 신경숙 대신에 한강을 한국문학의 대표주자로 밀기 시작합니다.

여기서 『채식주의자』가 정말 뛰어난 작품인지, 바꿔 말해 세계문학의 수준에 도달한 작품인지에 대해서는 논하지 않겠습니다. 대신에 앞에서 이야기한 것 (세계문학-되기와 해외독자에 대한 배려)과 관련이 있는 작은 소란에 대해서 언급하고 싶습니다. 『엄마를 부탁해』와 달리 『채식주의자』의 성공은 번역자인 데보라 스미스도 유명하게 만들었습니다. 그것은 일단 맨부커 인터내셔널상이 번역자를 원작자와 똑같이 대우한다(상금도 동일)는 이유도 있었지만, 한국문학이 유럽에서 주는 유명 문학상을 받은 것이 거의 처음이었기 때문입니다. 번역자는 독학으로 한국어 공부를 시작한 스물여덟 살의 영국인 여성으로, 『채식주의자』는 그녀의 첫 번째 번역이었습니다.

그래서 어떤 이는 그녀를 한국의 사이덴스티커로까지 평가했습니다. 말이 나온 김에 이야기하자면, 한국문단이 '한국문학의 세계화'에 눈을 뜨게 된 것은 1968년으로, 정확히 가와바타 야스나리가 노벨문학상을 수상한 해입니다. 일본문학이 받는다면 한국문학도 받을 수 있다고 생각한 것입니다. 하지만 이와 관련된 시도가 본격적으로 이루어진 것은 한참 뒤인 1980년대였는데, 시작부터 큰 난관에 부딪혔습니다.

$\overset{\bullet\;\bullet\;\bullet\;\bullet}{\text{아쉽게도}}$ 한국에는 사이덴스티커나 도널드 킨과 같은 사람이 없었던 것입니다.

그래서 궁여지책으로 당시 활발하게 활동하던 국내 번역가에게 한국문단을 대표하는 작가의 대표작을 번역하게 합니다. 하지만 기대와 달리 노벨문학상 수상에는 실패합니다. 어찌어찌하여 후보에는 올랐지만 냉정히 말해 수상 가능성은 거의 없었다고 해도 과언이 아닙니다.[24] 그렇지만 다음과 같은 이야기가 문단을 떠돕니다. 작품은 우수한데 번역이 좋지 않아서 실패했다고 말입니다. 생각 없이 내뱉은 말이겠지만 해당 번역가에게는 큰 상처가 되었습니다. 이 번역가가 누구인가 하면 한국의 독서가라면 모두가 아는 안정효입니다. 그는 지금도 한국에서 가장 뛰어난 번역가 중 한 명으로 손꼽히고 있습니다.

이후 안정효는 오기로 1985년에 출간한 자신의 소설 『전쟁과 도시』를 직접 번역하여 미국의 출판사에 투고합니다. 그리고 White Badge라는 제목으로 미국에서 정식으로 출간을 합니다.[25] 그러자 〈뉴욕타
$\overset{\bullet\;\bullet\;\bullet}{}$
[24] 최근에는 후보였다는 사실마저 마케팅 포인트가 되고 있다. '맨부커상 후보작' 하는 식으로 홍보된다.

[25] 이후 한국어판 제목도 『하얀 전쟁』으로 바뀌게 된다.

44

임즈〉등 유수 언론이 이 책에 주목했고, 덕분에 미국으로 직접 건너가 언론 인터뷰는 물론 TV와 라디오 출현까지 하게 됩니다. 큰 환대를 받은 것입니다. 성공적인 미국진출을 세계문학이라고 했을 때, 한국문학이 처음 세계문학이 된 것은 바로 이때가 아닐까 합니다.[26] 단 최근의 성공과 차이가 있다면, 안정효의 경우 외부의 도움 없이 모두 혼자 힘으로 했다는 점입니다.

당연히 그는 국내언론의 큰 주목을 받습니다. 하지만 어떤 이유에서인지 문단으로부터는 외면을 받습니다. 같은 소재(베트남전쟁)를 다룬 황석영의 『무기의 그늘』 쪽이 문학적으로 더 높은 평가를 받은 면도 있지만(두 사람 모두 베트남전쟁에 참전한 경험이 있습니다), 황석영의 경우 민족민중문학 진영, 즉 창비 진영의 대표작가였던 데 반해, 안정효의 경우 문단과 거리를 두고 있었을 뿐만 아니라 번역가로서 더 알려진 인물이었다는 사정도 있었습니다.

안정효는 창작만큼이나 번역을 중요하게 생각한 작가로, 당시만 해도 한국에서 번역은 작가적 역량이

[26] 「영문소설 『하얀 배지』로 미문단美文壇 선풍 일으킨 안정효 씨」, 〈경향신문〉, 1989년 7월 10일자.

부족하거나 소진되었을 때나 하는 잡일이나 부업 정도의 취급을 받고 있었습니다. 이는 지금이라고 해서 크게 다르지 않는데(여전히 번역료는 낮고 번역가의 위상도 높지 않습니다), 그나마 번역에 대한 인식이 조금이나마 개선된 것은 의외일지 모르지만 무라카미 하루키 덕분이라 할 수 있습니다. 때문에 최근에는 이력에 번역서 한두 권을 넣는 일이 드물지 않습니다. 나름 힙해 보이는 것이지요.

여하튼 다시 『채식주의자』 번역으로 돌아가자면, 문제는 데보라 스미스에 대한 상찬도 그리 오래가지 않았다는 데 있습니다. 얼마 있지 않아 영어판에 대한 의문이 하나둘 나오게 됩니다. 심지어 그녀의 한국어 실력에 의문을 표하는 사람까지 등장합니다. 단순히 직역이냐 의역이냐 하는 수준을 떠나 있는 문장을 임의로 삭제하거나 없는 문장을 집어넣는 것은 물론, 아예 문장 자체를 오독하여(에를 들어 주어를 잘못 파악하여) 전혀 다른 의미로 번역하는 등 수많은 문제점들이 발견되었기 때문입니다. 당시 이 문제가 얼마나 큰 주목을 받았는가 하면, 『채식주의자』 영어판이 가진 문제점을 다룬 학술논문만 10여 편이 발표될 정도였습니다.

그래서 영어판『채식주의자』는 한강이 아니라 데보라의 소설이라는 말까지 나왔습니다. 하지만 논란은 더 이상 확대되지 않았는데, 왜냐하면 어쨌든 그녀의 번역으로 상을 받았기 때문입니다. 애당초 번역의 목적이 해외의 인정이었다는 점을 고려할 때, 목적을 훌륭히 달성했기에 오역을 둘러싼 논란은 한국문학의 세계화를 위해 감수해야 하는 스캔들 정도로 정리되었습니다. 그런데 이는 역으로 다음과 같은 장면을 상상하게 만듭니다. 만약 영어판『채식주의자』가 상을 받지 못했다면? 아마 수상 실패의 원인으로 작품 자체보다는 데보라의 번역이 지목되었을 가능성이 큽니다. 작품은 훌륭하지만 번역이 좋지 못했다고 말입니다.

그렇다면 이후『채식주의자』는 어떻게 되었을까요. 2016년 최상위 포식자로서 한국출판계를 집어삼킨 이 소설은 이듬해 27위로 내려앉더니 2018년에는 74위까지 밀려납니다. 참고로 2018년 당시 72위는 다자이 오사무의『인간실격』이었고 62위는『노르웨이의 숲』, 그리고 9위는 히가시노 게이고의『나미야 잡화점의 기적』이었습니다. 모두 오래 전에 출간된 일본소설입니다.

『나미야 잡화점의 기적』은 2012년에 출간되어 무려 6년간이나(2013-2018) 종합 베스트셀러 10위 안에 랭크되었고, 지난 10년간(즉 2010년대) 한국에서 가장 많이 팔린 소설로도 선정되었습니다.[27] 『노르웨이의 숲』은 30여 년 전에 출간된 책이고, 『인간실격』은 무려 60여 년 전에 소개된 책입니다. 일본소설의 경우 출간이 되어도 제대로 된 서평도 한번 받기 힘들고 국가로부터 어떤 지원도 받지 못한다는 점을 고려하면, 이들 작품의 인기는 순전히 독자들에게서 나온 것이라고 말할 수 있습니다.

한국서점가에서 소위 문학분야 스테디셀러는 대부분 외국문학이 차지하고 있습니다. 그것들은 반짝 1~2년 유행하는 자국의 문학과는 달리 크게 유행을 타지 않습니다. 일본문학에 국한하면, 『인간실격』, 『금각사』, 『설국』, 『노르웨이의 숲』 등은 수십 년 넘게 계속 읽혀오고 있습니다. 물론 한국문학에도 이런 스테디셀러가 전혀 없는 것은 아닙니다만, 그것들은 대부분 중고등학교 교과서에 일부가 실려 있거나 입시와 직간접적으로 관련이 있는 작품들입니다.

•••
[27] 참고로 2005~2014년(약 10년) 모든 분야를 망라하여 한국에서 가장 많은 책을 판 사람은 무라카미 하루키다.

지난 10년간 누적 판매부수 10위 안에 랭크된 한국소설은 딱 두 권인데, 그 중 한 권이 바로 2016년에 무섭게 팔려나간 『채식주의자』(10위)입니다. 그렇다면 『채식주의자』와 함께 10위 안에 들어간 또 한 권의 한국소설은 어떤 작품일까요? 그것은 『채식주의자』의 맨부커상 수상 소식이 크게 화제가 되던 해에 출간된 소설입니다. 사실 이 소설도 출간 당시에는 큰 주목을 받지는 못했습니다. 하지만 이듬해 갑자기 화제의 중심에 서더니 베스트셀러 2위까지 치고 올라가는데, 이 작품이 바로 최근 일본에도 소개되어 큰 주목을 받고 있는 『82년생 김지영』입니다. 우연이겠지만 『엄마를 부탁해』를 영어로 옮긴 번역가의 이름이 김지영이며, 이 이름은 흔히 알려진 것과는 달리 78년생(참고로 작가가 78년생입니다) 여자아이에 가장 많이 붙여진 이름이었습니다.[28]

[28] 미국에 거주하고 있는 김지영 씨는 대산문화재단의 번역지원(한국문학의 해외소개)을 여러 번 받은 적이 있으며, 어머니인 유영난 씨도 한국문학을 미국에 소개한 이력 덕분에 한국문학번역원과 관계가 있다.

김지영의 성공이 의미하는 것

2016년에 출간된 『82년생 김지영』은 『채식주의
자』에 가려 이렇다 할 주목을 받지 못하다가 『채식주
의자』 열풍이 잦아든 이듬해 사회적 분위기(미투운
동으로 촉발된 페미니즘 논의)[29]와 여러 호재 덕에
•••

[29] 이때 많은 남성문인들이 과거의 행동으로 비난을 받
았다. 어떤 이는 구속되었고 어떤 이는 재판 중이고 어떤
이는 고독사했다. 그런데 한국문학의 세계화와 관련하여
가장 큰 손실은 한국문학계가 그동안 노벨문학상 1순위로
밀던 고은 시인의 몰락이었다. 사실 그의 문제적 행각은 문
단에서 공공연한 비밀이었다. 하지만 그동안 누구도 공개
적으로 문제삼지 않았다. 단 한 사람을 제외하고 말이다.
　1994년 소설가 이문열은 「사로잡힌 악령」이라는 단편을
별도의 지면 발표 없이 곧바로 작품집에 수록한다. 이 소설
은 한 문학가의 엽색행각을 그리고 있는데, 발간되자마자
창비와 민족문학작가회의 진영으로부터 맹비난을 받았다.
소설 속 인물이 고은을 연상시킨다는 이유 때문이었다. 결

일반독자의 관심을 크게 모읍니다. 호재 중 하나는 한 국회의원(금태섭)이 동료 국회의원 모두(298명)에게 이 소설을 선물했다는 소식이었습니다. 일본에서는 한류의 연장선상에서 K-POP 스타(BTS와 소녀시대의 멤버)가 읽은 책으로 소개되고 있지만요.

하지만 한국에서 김지영 붐이 이는 데에 가장 큰 역할을 한 사람은 따로 있는데, 그는 뛰어난 언변과 깨끗한 이미지로 대중의 사랑을 받던 정치인(노회찬)이었습니다. 그는 막 취임하여 높은 지지를 받고 있었던 문재인 대통령에게 『82년생 김지영』을 공개적으로 선물하여 전국민의 이목을 집중시켰습니다.

국 작가는 문제의 소설을 작품집에서 삭제하는 결정을 내린다. 당시 이문열을 옹호하거나 고은 실드자들을 비판하는 문인이나 언론은 거의 없었다.

그리고 20여 년이 지난 2017년, 시인 최영미는 고은의 성추행을 폭로하는 「괴물」이라는 시를 발표한다. 그러자 문학계는 놀란 표정을 지으며 그녀를 용기있는 시인이자 한국문단을 대표하는 페미니스트 시인으로 높이 평가한다. 참고로 「사로잡힌 악령」이 문제가 된 1994년은 최영미가 창비에서 출간한 첫 시집 『서른, 잔치는 끝났다』로 스타시인이 된 해이기도 했다(수십만 부가 팔렸다). 하지만 「사로잡힌 악령」은 사반세기가 지난 지금도, 즉 고은이 몰락한 오늘날에도 여전히 복권되지 않고 있다.

또 그는 한국에서 가장 큰 인터넷서점과 출판사가 마련한 북콘서트에도 참석하여 『82년생 김지영』전도사라는 이야기까지 듣습니다.[30] 하지만 불행하게도 이듬해 정치자금법 위반으로 수사를 받던 중 아파트에서 투신자살을 합니다.[31]

여하튼 『82년생 김지영』의 인기는 하늘 높은지 모르고 올랐고 그 여파는 다음 해까지 계속됩니다. 한풀 꺾이는가 싶었지만 때마침 영화가 개봉하여 다시금 주목을 받았습니다. 이런 분위기에서 이 작품의 사회적 의미를 노예해방에 비유하는 평론까지 등장

[30] 「대통령도 읽은 그 책 『82년생 김지영』, '사람'을 바꾸고 '세상'도 바꾼다」, 〈독서신문〉, 2017년 9월 6일자.

[31] 처음 의혹('경공모'로부터 돈을 받았다)이 불거질 당시 노회찬은 그런 사실 자체를 부정했지만, 이후 그가 남긴 유서에서는 대가성은 없었지만 돈을 받은 사실은 인정했다. 참고로 '경공모'는 '경제적 공진화 모임'의 약자로, 이 모임의 수장인 드루킹(본명: 김동원)은 '킹크랩'이 라는 프로그램으로 네이버(당시 네이버의 검색 점유율은 80%가 넘었다) 등에서 인터넷 여론을 조작해 영향력을 행사하려고 했다는 혐의로 현재 재판을 받고 있다. 이들에게 조작을 부탁한 것은 문재인 정부의 실세로 한때 차기 대통령 후보로까지 거론이 되던 인물(김경수)이었다.

했습니다. 그런데 문단의 평가가 꼭 좋지만은 않았습니다. 비판적인 의견도 의외로 많았습니다. 이는 페미니스트 평론가라고 해서 예외는 아니었습니다. 하지만 그런 의견들은 작은 목소리로 매우 조심스럽게 이야기되었습니다. 그도 그럴 것이 모두가 문학성과는 별개로 프로파간다로서 활용가치만큼은 높이 평가하고 있었기 때문입니다. 일찍이 피터 브룩스는 이런 종류의 작품을 멜로드라마라고 명명한 바 있습니다.

베스트셀러, 즉 지나치게 많이 팔리는 책에 대해 비평이 할 수 있는 일은 아무 것도 없습니다. 긍정적으로 평가하든 부정적으로 평가하든 결국 많이 팔리는 이유에 대한 해명으로 귀결될 수밖에 없기 때문입니다. 그리고 그것은 필연적으로 독자대중을 비난하거나 반대로 시류에 영합하는 것으로 끝납니다. 언론의 입장에서는 많이 팔린다는 것만큼 좋은 화젯거리도 없으며, 출판계의 입장에서는 물이 들어온 김에 노를 젖자는 심정으로 이런저런 의미를 부여하기 마련입니다. 사실 이런 일에 동원 가능한 필자란 늘 대기중입니다. 평을 쓰는 입장에서도 화제가 되는 작품을 다룬다는 것은 곧 자신이 주목을 받을 수 있는 기회이기도 하니까요.

그런데 『82년생 김지영』은 다른 베스트셀러 소설과 다른 점이 하나 있습니다. 그것은 바로 비판적인 의견을 가진 사람들로 하여금 자기검열을 하게 만들었다는 점입니다. 다시 말해 이 작품을 대놓고 비판하는 것은 단순히 문학작품 하나를 평가하는 것이 아니라 시대의 흐름을 역행하는 것, 즉 반동적인 행위로 받아들여졌습니다. 실제로 2018년에는 반동이라는 말이 유행했습니다. 단 백래시라는 표현이 사용되었지만요.

이 표현이 갑자기 부각된 것은 수전 팔루디의 책이 '백래시'라는 영어 제목으로 그대로 출간된 것과 관련이 있는데[32], 덕분에 한쪽에서는 폭로와 조리돌림에 대한 두려움으로 침묵했고, 다른 한쪽에서는 물이라도 만난 것처럼 색출과 저격에 나섰습니다. 여하튼 이런 일련의 과정을 통해 문단과 출판계의 분위기가 조금씩 바뀌어 갔습니다. 남성작가들보다 여성작가들이 더욱 주목을 받게 되었고, "한남[33]문학에서

[32] '반동'보다 '백래시'라는 표현이 사용된 것은 '여성주의'보다 '페미니즘'이라는 말이 선호된 것과 나란히 한다.

[33] '한남'은 '한국남성'의 줄임말이지만, 주로 비하의 의미로 사용된다.

벗어나 페미니즘문학을 받아들여라", "개저씨문학은 끝났다", "근대문학의 종언이란 남성문학의 종언에 불과하다", "페미니즘문학이 한국문학의 미래다", 심지어 "페미니즘은 돈이 된다"는 주장까지 등장했습니다. 그리고 실제 이런 분위기에 편승하여 발 빠르게 페미니즘 서적을 펴낸 출판사들은 크게 재미를 보았습니다.

하지만 페미니즘 책이 인기를 얻자 관련서적의 해외저작권료 역시 올랐고, 결론적으로 자본력이 있는 출판사들이 이 흐름을 주도하게 되었습니다. 세계문학 운운하던 창비도 어느새 페미니즘 서적을 열심히 내는 양식있는 출판사로 변신합니다. 저는 "페미니즘은 돈이 된다"는 말을 나쁘게만 보지 않습니다. 출판이란 결국 시대의 흐름을 따를 수밖에 없으며, 어떤 의미에서 바로 그곳에 당대를 읽는 단서가 발견될 수도 있기 때문입니다. 그리고 이는 사실 처음 있는 일도 아니었습니다.

한국출판계에 상업주의가 본격적으로 등장한 것은 1990년대로, 아이러니컬하게도 그것을 주도한 것은 1980년대에 참여문학(노동문학), 사회과학서적을 열심히 내던 출판사들이었습니다. 당시 그들은 상업주의에 투항했다는 비판을 받았지만, 냉정히 돌아보면 지난 시절 그들이 사회과학서적이나 노동문학을 출판한 것 역시 당시에는 그런 것들이 팔렸기 때문입니다.[34]

따라서 사회주의권이 몰락하고 냉전이 끝나자 재빨리 아동문학, 청소년문학, 대중교양서적에 눈을 돌릴 수 있었던 것입니다.[35] 그리고 지금의 관점에서 보면 그들의 판단이 옳았습니다. 그와 같은 변화에 제대로 대처하지 못한 곳은 현재 대부분 문을 닫은 상태입니다. 브레히트의 시처럼 언제나 강한 자만이 살아남는 법이지요.

본론으로 돌아와 한국에서 김지영 열풍이 얼마나 대단했는가 하면, 최근 2~3년 간 이 작품을 다룬 학술논문만 20여 편이 생산되고 이미 8명이 이 작품으

[34] 「변신 바쁜 사회과학 출판사들」, 〈중앙일보〉, 1991년 8월 7일자.

[35] 창비의 경우, 아예 교과서/참고서 사업에도 진출한다. 이와 관련하여 당시 창비의 사장은 "창비가 (…) 군사정권기에는 반체제적이었지만 10여 년 전부터는 그런 대립구도가 무의미해졌다"(「민족문학 산실 '창비' 변신 시도, 세계문학단편선 · 교과서 사업 진출 …」, 〈한국일보〉, 2009년 10월 26일자, 강조는 인용자)고 말하고 있다.

로 석사학위를 받았습니다.[36] 동시대 작품(그것도 1~2년 전에 나온 작품)이 학술논문의 대상이 될 수 있는지부터가 논란이 될 수 있겠지만, 여하튼 이례적인 사태인 것만큼은 분명합니다. 물론『채식주의자』와 관련해서도 적잖은 논문이 나왔지만,『82년생 김지영』이 작품 자체보다 사회적 영향과 관련하여 다루어졌다면,『채식주의자』는 통상적인 작품연구가 대부분이었습니다.

『채식주의자』와『82년생 김지영』의 바톤터치는 모처럼 한국문학계에 활력을 불어넣었고, 2000년대 초부터 지속되어 온 염려를 한방에 날려주었습니다. 어떤 염려인가 하면, 한국문학의 위기, 구체적으로 말해 한국문학 대신에 외국문학만 읽히는 사태였습니다. 하지만 이제 한국인들은 '한국문학의 세계화'가 가까워지고 있음을 실감하고 있습니다. 이런 고무된 분위기는 한 신문의 문학담당 기자가 올린 트윗에 잘 표현되어 있습니다.

한국문학은 한강과 조남주라는 두 여성작가의

...
[36] '82년생 김지영'이 학위논문 제목에 들어간 것만 3편이다.

힘으로 세계로 날고 있다. 지난달 도쿄에서 어딜 가나 서점 메인매대에서 볼 수 있었던 『82년생 김지영』과 스웨덴에서 2만부 넘게 팔린 『채식주의자』와 400석 객석을 가뿐히 채우는 북토크. 국가적 노력 따위 하나 없이도 얼마든 가능한 일이었다. (@Poison_Tree, 2019년 9월 29일, 강조는 인용자)

이 트윗은 곧바로 수천 회 넘게 리트윗되고 좋아요를 받았습니다. 그런데 한 출판편집자가 이에 대해 이의를 제기했습니다. 편의상 하나로 묶어서 인용하면 다음과 같습니다.

출판사에서 저작권 수출을 담당해 본 사람으로서, 출판 담당 기자님의 위와 같은 발언은 누구에게도 도움되지 않는 경솔한 발언인 듯해 글 남깁니다. 한강 작가와 조남주 작가가 '국가적 노력'의 혜택을 전혀 받지 않았다고 단언할 수 있을까요?

이번에 진행된 예테보리 도서전의 한국관 행사만 해도 국민세금으로 운영되었을 것이며, 공공

기관인 한국문학번역원이나 출판진흥원이 오랫동안 펼친 다양한 수출 프로모션(번역가 양성 지원, 초록 샘플 번역 지원 등등)을 통해, 오늘날 한강과 조남주 작가의 작품이 전세계에서 주목받는 토대를 만들었다고 보는 것은 그저 억지일까요? 언론에서 일일이 주목하긴 어렵겠지만, 공공기관의 수출 지원 혜택을 받아 아주 다양한 우리나라 책(그림책, 만화, 실용서 등등)들이 해외에 수출되고 있습니다. 이런 노력들을 무시하고 오로지 작가 개인의 성취라고 주장하는 것이 과연 작가를 위한 길일까요?

그보다는 더 많은 금전적 지원과 다양한 프로모션으로 한국문학을 전 세계에 알리자고 이야기하는 것, 다른 나라에서는 어떤 식으로 문학에 대한 지원이 이뤄지는지를 조사하여 우리나라 기관들이 참고하게 하는 것이 출판 담당 기자의 사회적 책임에 더 어울리는 태도가 아닌가 생각해 봅니다.(@hyunkbook, 2019년 9월 30일, 강조는 인용자)

한쪽은 『채식주의자』와 『82년생 김지영』의 성공

이 국가적 노력 없이 오로지 작가적 역량만으로 이룬 성과임을 강조하는 데 반해, 한쪽은 그 성공이 국가의 체계적이고 지속적인 노력과 관리가 있었기 때문에 비로소 가능했던 것이라고 말하고 있습니다. 과연 어느 쪽이 진실을 말하고 있는 것일까요? 팽팽할 것 같았던 두 입장은 기자의 다음과 같은 답글로 다소 싱겁게 끝이 납니다.

> 모두 동의합니다. 제가 올린 의견은 단지 그간 십 수 년 간 특정 남성작가에게 지나치게 집중됐던 국가지원이 무용했구나 하는 의견이었습니다. 저 또한 번역원의 번역지원과 도서전 등은 모두 훌륭한 제도와 지원책이라고 생각합니다.(@Poison_Tree, 2019년 9월 30일, 강조는 인용자)

흥미롭게도 기자는 자신의 주장에 문제가 있음을 솔직히 인정합니다. 이는 다른 말로 저간의 사정을 잘 알면서도 다른 이야기를 했다는 의미이기도 합니다. 하지만 그는 사과를 하는 대신에 자신이 그런 거짓말을 하게 된 원인으로 국가의 지원에서 여성작가들이 받아온 차별을 문제 삼습니다.[37] 참으로 기묘한 이야기가 아닐 수 없습니다.

처음에는 국가의 지원 없이 해외에서 성공해서 대견하다고 이야기하다가 갑자기 국가의 적극적인 지원이 필요하다고 주장하고 있는데, 이와 같은 모순은 사실 오늘날의 한국문학이 처해 있는 모순이기도 합니다. 그렇다면 이런 논리가 아무렇지 않게 통용되는 이유는 무엇일까요? 그것은 소위 제2의 한류를 이끌 것으로 기대되는 한국문학과 이것의 성공에 환호하는 사람들이 '한국문학'이라는 것을 매우 자연스러운 것으로 간주하고 있기 때문이 아닐까 합니다.

이는 한국문학이 어떻게 성립하고 어떻게 기능해 왔으며, 또 한국문학의 세계진출이 무엇을 의미하는 지에 대한 문제의식이 없다는 것을 뜻합니다. 그저 자국의 문학이 해외에 널리 알려지고 잘 팔린다는 것

[37] 국가의 지원에서 여성작가가 차별을 받았다는 이야기는 금시초문이다. 참고로 2019년 번역지원 대상으로 선정된 작품목록만 놓고 보면, 일본어권의 경우 남성작가 6명, 여성작가 9명으로 여성작가 쪽이 훨씬 많다. 여성작가의 공동소설집을 더 하면 그 차이는 더 벌어진다. 그리고 『82년생 김지영』은 물론 『채식주의자』, 『엄마를 부탁해』도 모두 국가의 지원을 받아서 번역된 작품이다.

에 국민적 자부심을 가지거나 한국문학의 위기를 타개하기 위한 계기 정도로 생각하고 있는 것입니다. 그런데 이것은 한국문학을 갤럭시폰처럼 해외에 팔겠다는 욕망과 서구문학처럼 되고 싶다는 욕망이 뒤섞인 것에 지나지 않습니다. 『엄마를 부탁해』, 『채식주의자』가 보여준 해외에서의 성공에 국가적인 의미가 부여되는 것도 그 때문일 것입니다.

사정이 이러하기에 일본문학이 1년에 1,000여 권씩 번역되는 것이 한일관계의 변화에 어떤 영향도 주지 않는 것처럼, 한국문학 몇 권이 일본에서 화제가 된다고 해서 한일교류에 도움이 되거나 양국이 서로를 더 이해하게 되는 것은 아닙니다. 왜냐하면 여기서 문학이란 기껏해야 문화상품이자 국가적 위상을 드러내는 것에 불과하기 때문입니다.

그렇다면 정부기관은 한국문학의 세계화를 위해 구체적으로 어떤 일들을 하는 것일까요? 한국문학을 지원하는 기관은 꽤 다양합니다. 비정부기관도 있고(예를 들어 대산문화재단), 중앙정부의 부속기관(예를 들어 한국문화예술위원회, 출판문화산업진흥원, 한국예술인복지재단), 지자체(예를 들어 서울문화재단, 경기문화재단)도 있습니다. 다만 여기서는 해외

출판을 실질적으로 지원하는 기관(이곳의 수장은 차
관급으로 직위가 꽤 높습니다)인 '한국문학번역원'에
대해서만 이야기해 보도록 하겠습니다. 한국문학번
역원의 목적은 오직 하나, 한국문학의 세계화입니다.
이를 위해 크게 일곱 가지 사업을 합니다.

  1. 번역출판지원(번역지원 공모, 해외출판사 번
역출판 지원, 전략지역 맞춤형 번역출판, 번역상/
신인상/공로상)

  2. 국제교류(해외교류 공모, 해외독자 대상 한
국문학 리뷰대회, 글로벌 문학교류 네트워크 구
축, 국제교류 파트너십 구축)

  3. 해외홍보(디아스포라 예술행사 지원, 한국
문학 해외소개 콘텐츠 제작, 외국어 정기간행물
제작)

  4. 번역인력양성(번역아카데미 운영, 해외 한국
학대학 번역실습워크숍, 번역가 연수 지원, 문화
콘텐츠 번역 심포지엄, 번역아카데미 수료생 진
로개발 프로그램 외)

  5. 번역전문도서관 운영(한국문학 디지털도서
관, 한국문학번역서 자료 지원)

6. 서울국제작가축제

7. 한국문학 정보화

　이 외에도 해외의 언론인이나 출판관계자를 초청하여 연수를 시키기도 하고, 영문으로 된 스마트폰용 앱을 제작하여 배포하기도 합니다(사용자는 거의 없습니다만). 이 가운데 번역출판과 관련된 것만 보자면, 2001년부터 지금까지 약 1,700여권의 해외출간을 지원했습니다(실제로 출간된 것은 이보다 적습니다). 그렇다면 구체적으로 그것은 어떤 내용일까요? 그간의 성과를 정리하면 다음 페이지와 같습니다.[38]

　2001년에서 2019년까지 한국문학번역원의 지원을 받아 약 19년 동안 출간된 책은 총 1,324건입니다.[39] 지원에는 크게 번역지원과 출판지원 두 가지가 있으며, 처음부터 특정 해외출판사와 협약을 맺어 출

...

[38] 이하 내용은 한국문학번역원의 자료에 기반하여 정리한 것으로, 수시로 업데이트가 되기 때문에 약간의 차이가 있을 수 있다.

[39] 여기서 권이 아니라 건으로 표기하는 것은 두 권으로 이루어진 작품의 경우 상하 권이 각기 따로 집계되기 때문이다.

	(영어를 제외한) 유럽어	영어	일본어	중국어	기타	합계
2001	11	3	0	0	3	17
2002	19	12	0	1	1	33
2003	17	7	0	4	8	36
2004	20	8	0	4	10	42
2005	38	17	1	13	12	81
2006	19	10	3	6	19	57
2007	30	6	2	3	11	52
2008	14	7	4	8	10	43
2009	16	4	7	9	19	55
2010	11	12	1	3	14	41
2011	26	12	5	10	19	72
2012	20	3	9	8	13	53
2013	20	12	2	14	21	69
2014	25	18	9	16	25	93
2015	24	19	10	17	27	97
2016	37	22	15	15	23	112
2017	29	26	24	8	57	144
2018	22	27	27	19	37	132
2019	20	15	20	11	29	95
합계	418	240	139	169	358	1,324

* 한국문학번역원 언어별 번역지원 출간 건수

판하는 경우가 아닐 경우(다시 말해 일반출판을 추진할 경우), 지원에서 실제 출판까지 이어지는 비율은 대략 50% 전후라고 합니다. 초기에는 해외의 무명출판사와 협력하여 출판하는 경우가 많았지만, 유통이 제대로 되지 않아서(즉 외국어로 냈다는 것에만 의의를 찾는 정도여서), 최근에는 책마다 역자가 직접 출판사와 접촉하여 출판하는 방식으로 바뀌었습니다. 따라서 현재는 지원대상자를 선정할 때 단순히 번역가로서의 능력만이 아니라 에이전시로서의 능력까지 본다고 합니다.

한국문학은 지난 20여 년간 한국문학번역원을 통해 총 40개의 언어로 번역되었는데, 그중에서 가장 많은 비중을 차지한 것은 물론 영어였습니다(240건). 그 다음은 중국어로 169건, 3위는 프랑스어로 161건, 4위는 일본어로 139건, 5위는 독일어로 118건, 6위는 스페인어로 95건, 7위는 러시아어로 86건, 8위는 베트남어로 64건입니다. 기타 이탈리아어 29건, 몽골어 26건, 루마니아어 17건 순입니다.[40]

...

[40] 2020년 4월 7일 기준, 전체 1,368건 중 영어는 245건, 프랑스어는 162건, 독일어는 120건, 스페인어는 98건, 스웨덴어는 16건, 러시아어는 89건, 중국어는 177건, 일본어

이를 통해 우리가 알 수 있는 것은 한국문학의 세계화란 처음에는 미국이나 유럽으로의 진출이었다는 사실입니다(전체적으로 보면 중국어와 일본어의 비중도 크지만 이는 비교적 최근에 늘어난 것입니다[41]). 주요언어 약 800여 건 중에서 큰 비중을 차지하고 있는 것은 영어, 프랑스어, 독일어, 스페인어로[42], 이들이 지원의 핵심대상이 된 이유는 비교적 명확합니다. 한국의 대학에 영문과, 불문과, 독문과, 서문과가 있어서 꾸준히 전문인력을 배출하고 있기 때문입니다. 이들은 유럽어를 한국어로 번역할 뿐만 아니라 한국문학을 유럽어로 번역하는 역할도 담당합니다.

는 147건, 베트남어는 65건이다.

[41] 한중관계는 1992년부터 본격화되는데, 80년대 초반만 해도 20여 개에 불과했던 중국 관련 학과는 2000년대 초가 되면 무려 143개로 늘어난다. 이는 물론 중국시장의 개방과 관련이 있다. 단 2010년대 중반부터는 공장을 중국에서 베트남으로 옮기는 기업들이 늘어나고 있다. 덕분에 현재 베트남 수출의 약 40%를 한국기업이 담당하고 있다고 한다.

[42] 한국문학번역원의 전신인 한국문학번역금고는 지원 공고를 냈을 때, 아예 언어를 영어, 불어, 독어, 스페인어로 제한했다. 이때 번역지원은 1,200만원, 출판지원은 500만원 내외로 책정되었다.

현지인이 번역하는 게 가장 바람직하겠지만 한국문학을 잘 알고 번역까지 할 수 있는 유럽인을 찾기 힘들기 때문에 부득이한 측면이 있습니다.

이에 반해 러시아어를 포함하여 아시아 쪽은 주로 현지인(외국인)이 번역하고 있는데, 대부분이 유학생입니다. 국가 간에 존재하는 문화적 격차는 많은 경우 유학생들에 의해 벌어지거나 해소됩니다. 이는 소위 문학번역이란 많은 경우 번역가의 호의나 관심에 의해서라기보다는 번역가를 생산하고 육성하는 제도와 그것을 뒷받침하는 경제력에 의해 이루어진다는 사실을 뜻합니다. 실제 한국에 온 유학생은 최근 20년 동안 50배나 증가했습니다.[43]

따라서 '문학번역'이 중요한 문제로 등장한다는 것은 옳고 그르고의 문제도 합리적 균형의 문제도 아닙니다. 즉 한국에서 세계문학론이 등장한 것은 한국인이 특별히 문학을 사랑하는 민족이거나 문학을 통해 다른 나라를 이해하고 인류의 공동번영에 이바지하기 위함이 아닙니다. 그것은 국력 신장에서 얻은 자신감을 문학 분야로 확대하려는 것에 가깝습니다. 그렇

[43] 1999년 겨우 3,418명이었던 외국인 유학생은 2019년에는 160,165명까지 늘어난다.

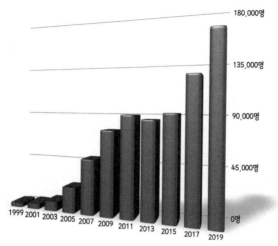

* 1999-2019년 외국인 유학생 현황 (교육부)

다면 일본어 번역의 경우는 어떠했을까요? 초기에는 재일동포를 포함하여 한국인들이 주로 참여했습니다.[44] 하지만 시간이 지날수록 일본인 번역가의 참여가 조금씩 늘어났고 지금은 3(한국인):7(일본인) 정도로 보입니다. 이런 변화에는 유학생의 증가도 분명 한몫했을 것입니다.

하지만 다른 나라에 비하면 일본인 유학생 수는 크게 늘지 않았습니다. 여기서 우리는 이런 질문을 던져

[44] 자주 간과되는 사실이지만, 한국은 일본어가 가능한 인구가 가장 많은 나라다.

69

볼 수 있습니다. 2000년대 초 다른 곳도 아닌 일본에서 한류가 발생한 이유는 무엇일까? 하고 말입니다. 저는 한 가지 가설을 제시하고 싶습니다. 그것은 〈겨울연가〉로 대표되는 1차 한류란 한국의 경제적 성장에 대한 일본인의 경계심이 문화적으로, 즉 (좋았던 옛 시절을 떠올리게 하는) 순애이야기純愛物語로 해소되는 가운데 나온 것이 아닌가 하는 것입니다. 실제 일본에서 〈겨울연가〉가 방영되기 시작한 것은 삼성이 소니의 시가총액을 앞지르고 얼마 되지 않았을 때였습니다(2003년 4월). 그리고 우연일지 모르지만 정확히 이때 소위 소니 쇼크[45]가 발생했습니다.

한국인의 유럽어권 번역, 일본인이 번역하는 한국 문학의 증가, 그리고 중국어와 베트남어 번역의 확대는 한마디로 인구이동과 관련이 있는데, 그것을 가능하게 한 것은 잘 만들어진 문화상품(콘텐츠) 같은 것이 아니라 국가 간의 경제적 격차입니다. 현재 한국에 체류하는 외국인은 252만 명에 달하는 것으로 집계됩니다(2019년 기준). 이중 중국인이 45%(한국계가 2/3 정도)에 달하고, 그 다음으로 태국과 베트남

[45] 소니의 몰락을 상징하는 사건. 3일만에 주가가 무려 30%나 폭락했다.

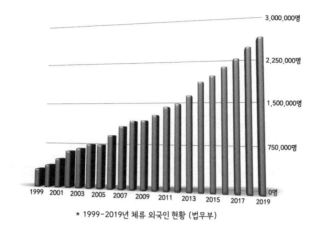

* 1999-2019년 체류 외국인 현황 (법무부)

이 각각 약 8%를 차지하고 있습니다.

이는 1999년(약 30만 명)과 비교하면 무려 9배 이상 증가한 수치입니다. 그리고 외국인 취업자도 무려 30배나 증가했습니다. 즉 최근 20여 년 동안 한국은 눈부시게 발전하여 그야말로 국제적인 나라가 되었습니다. 물론 3개월 미만인 단기체류자를 제외하면 국내 거주 외국인은 212만 명 정도로 줄어들지만, 이 역시도 인구대비로 보면 일본을 능가하는 수치입니다.[46] 2010년대를 전후로 한국에서 등장한 세계문학

[46] 2018년 기준 일본의 장기체류 외국인은 약 240만 명이다.

담론과 '한국문학의 세계화'는 바로 이런 배경과 분리하여 생각할 수 없습니다.

한국도 이제 일본 못지않은 국제적인 국가가 되었습니다. 하지만 그렇다고 해서 한국과 일본의 문화적 조건이 비슷해진 것은 아닙니다. 예컨대 제국주의를 경험한 국가의 문학들에는 한 가지 공통점이 있습니다. 그것은 바로 국가의 정체성에 의문을 제기하는 문학이나 소수자문학, 디아스포라문학 같은 것이 존재한다는 사실입니다. 하지만 한국에는 그와 같은 것이 거의 존재하지 않습니다. 이미 여러 나라에서 온 사람들과 부대끼며 사는 국가이지만, 놀랍게도 문학만큼은 모두 한국인이 한국어로 쓴 문학입니다.[47]

혹자는 시간이 지나면 자연스럽게 그런 문학도 등장할 것이라고 이야기하지만, 작품이 이론을 증명해주기 위해 창작되는 것은 아닐 것입니다. 그래서 서구의 최신이론을 들여와 모두가 소수자문학, 디아스포라문학을 이야기하지만, 그와 비슷한 것으로 호명되는 것은 여성문학(?)이나 퀴어문학 정도입니다.[48]

[47] 물론 전혀 예외가 없는 것은 아니지만 단발성에 불과하며, 따라서 일반적으로 한국문학에 포함되지 않는다.

[48] 재일조선인문학 같은 것을 연구하는 사람이 있긴 하

더구나 한국은 아시아문학 같은 것에 거의 관심이 없습니다. 또 번역이 되어도 거의 주목받지 못합니다. 물론 일본이나 중국의 일부 작가는 예외입니다. 특히 무라카미 하루키의 경우 일본에서 예약판매 공지만 나와도 기사화됩니다.

1980년대에 잠시 제3세계문학이 주목을 받은 적이 있었지만, 이제는 먼 옛이야기입니다.[49] 그도 그럴 것은 이제 한국은 스스로를 제3세계에 속한다고 생각하지 않습니다. 따라서 추구하는 방향도 전혀 다릅니다.[50] 여기서 주의할 점은 특정 국가의 문학이 갑지만, 민족적 동일성을 확인하는 수준에 그치는 경우가 많다. 즉 한국문학의 외연 확장에 머물고 있다.

[49] 물론 현재도 정부나 지자체의 지원을 받은 행사(예를 들어 지구적세계문학연구소가 주도하는 AALA포럼 등)가 간간이 열리긴 하지만, 한국이 비서구의 또다른 중심이 되어 유럽중심의 세계문학이 아닌 새로운 세계문학을 만들겠다는 발상 자체가 어디에서 왔는지 음미해 볼 필요가 있다.

[50] 한국문학번역원은 번역출판과 관련하여 언어권에 따라 차등적으로 지급하고 있다. 구체적으로 말하면 언어군을 A, B, C군으로 나누고, 번역지원금의 경우 B군은 A군의 80%를, C군은 A군의 60%를 지급한다. 더불어 출판지원금도 C군의 경우 A, B군보다 적게 지급된다. A군에 속하는 언어로는 영어, 프랑스어, 독일어, 스페인어, 노르딕 언어,

자기 주목을 받는다는 것 자체가 곧 그 나라의 문학이 발전하고 있다는 증거가 되지 않는다는 사실입니다. 그보다는 국제질서가 바뀌고 있다는 것을 뜻합니다. 사실 번역만큼 이런 변화에 민감하게 반응하는 것도 없습니다.

후타바테이 시메이의 예에서 알 수 있는 것처럼 타국에 대한 진지한 관심은 상대국가가 매력적으로 보였을 때보다 위협적으로 보였을 때 생깁니다. 결과적으로 번역을 통해 일본근대문학의 발전에 공헌을 하게 되었지만 말입니다. 따라서 번역을 단순히 다른 나라를 이해하려는 선한 노력으로만 봐서는 곤란합니다.

물론 번역가 개인의 순수한 의도를 의심하는 것은 아닙니다. 단 의식하든 의식하지 않든 우리는 모두 어떤 흐름(시대적 조건) 속에서 움직이고 또 그것에 봉사합니다. 여하튼 분명한 점은 우리가 일반적으로 말하는 문학번역이란 괴테가 말한 세계문학과는 아무런 관련이 없다는 사실입니다. 그것은 오히려 마

그리고 일본어이고, B군에 속하는 언어로는 러시아어, 중국어, 튀르키예어, 기타 유럽어. C군에 속하는 언어는 A, B군 이외의 언어다.

르크스가 말한 '새로운 욕구'에 기반한 상품으로서의
세계문학에 가깝습니다.[51]

그런데 이런 종류의 세계문학은 국가의 개입 없이
는 불가능합니다. 최근 한국문학이 일본에서 이룬 성
과도 예외는 아닙니다. 한국문학계와 한국정부는 이
전부터 문화예술진흥원(현 한국문화예술위원회)을
통해 한국문학의 해외번역사업을 진행해왔습니다.
하지만 이내 한계를 느끼고 1996년 한국문학번역금
고를 설립합니다.

하지만 이 역시 이렇다 할 성과를 내지 못하자 이
둘을 통합하여 2001년 정부의 부속기관으로서 한국
문학번역원을 출범시킵니다. 그리고 2005년 257쪽
에 달하는 『한국문학세계화 방안 연구-한류현상을
계기로 본 중국과 동남아시아의 연구』라는 보고서를
발간합니다. 이 보고서는 중국, 베트남, 태국의 현황
을 꼼꼼하게 분석하고 어떻게 하면 한류를 문학에까
지 확장할 수 있는지를 검토하고 있습니다.

예를 들어, 제4장인 베트남 부분을 살펴보면 다음
과 같습니다.

[51] 괴테의 '세계문학'과 마르크스의 '세계문학'의 차이에
대해서는 졸저, 『세계문학의 구조』 제1장을 참조.

들어가는 글

베트남인의 대표적인 정신문화 영역 문학

베트남 문학의 특징

베트남 독자의 특징

베트남 출판사와 서적시장

베트남과 활발한 교류를 한 외국문학

베트남과 한국의 교류역사

베트남에서의 한국문학의 위치와 교류현황

베트남과 한국문학 교류의 문제점과 해결 방안

그리고 이듬해인 2006년 『일본의 번역출판사업 연구』(256쪽)라는 보고서를 작성합니다. 이 보고서에서는 일본문학의 해외번역 및 소개, 그리고 일본의 번역출판사업을 분석합니다. 그리고 다음과 같은 제안을 합니다. 일본문학 해외소개의 경우, 과거에는 민간차원에서 이루어졌지만(이 부분은 간략히 서술), 최근에는 정부가 적극적으로 나서고 있으니(이 부분은 자세히 서술), 한국도 정부가 적극 나서서 한국문학의 해외소개를 지원해야 한다고 말입니다.

정부기관에서 발행하는 보고서는 필연적으로 해당 기관의 존재를 정당화하기 마련이기에 불리한 부분은 간단히 서술하고 유리한 부분은 부풀리는 경향이 있습니다. 이와 유사한 문건이 문학계와 정부가 함께 추진한 국립한국문학관과 관련해서도 제출된 바 있습니다. 『국립근대문학관 조성 타당성 조사 연구』가 그것인데, 이 보고서는 일본을 포함한 주요 국가 대부분이 국립문학관을 운영하고 있으며, 그것이 각 나라의 문학발전에 크게 기여하고 있는 것처럼 쓰고 있습니다. 물론 이것은 사실과 다릅니다.

참고로 저는 이런 식의 사업을 주도하는 문인단체와 그것을 주도하는 시인 출신 정치인을 비판하는 글을 쓴 적이 있습니다. 그러자 해당 정치인이 속한 문인단체에서 단체명의의 항의문을 잡지에 게재했습니다. 회원수만 3,000여 명에 달하는 한국 최대의 문인단체가 일개 평론가를 공개적으로 비판한 것입니다. 결국 국립한국문학관은 문인들의 절대적인 지지 속에서 국회를 통과해 2025년 개관(608억의 예산)을 목표로 현재 건립중입니다. 한국문학을 상징하는 훌륭한 기념비가 될 것이며, 조만간 한국은 문화국가 L'État Culturel[52]에 등극할지도 모릅니다.

한국에서 아시아문학을 이야기할 때, 흔히 나오는 이야기가 유럽중심문학에 대한 비판과 동아시아문학 간의 협력입니다. 하지만 이런 이야기는 뜬구름 잡기가 되기 쉽습니다. 왜냐하면 각국의 문학환경이 많이 다르기 때문입니다. 따라서 한두 작품을 예로 들어 각국의 문학적 특질을 이야기하거나 특정 정치적 입장에 기반하여 마치 상대방을 잘 이해하고 있는 듯한 제스처를 취하는 것을 보면, 그저 난감할 뿐입니다.

따라서 '아시아문학' 같은 주제는 먼저 문학환경에 대한 이해에서부터 시작할 필요가 있습니다. 물론 이 자리에서 자세히 논할 여유는 없습니다. 따라서 여기

[52] 이것은 마르크 후마로리Marc Fumaroli의 책 제목으로, 이 책은 전세계 문화정책의 모델이 된 드골 시대의 문화정책을 비판하고 있다. 참고로 부제는 근대의 종교다.

서는 외국인들이 잘 모르는 한국문학의 특징 몇 가지를 생각나는 대로 열거해 보겠습니다. 이미 이야기한 것과 겹치겠지만 양해해 주셨으면 합니다.

○ 한국문학은 국가에 의해 뒷받침되고 있다.

○ 일부 인기작가를 제외하면 고료나 인세가 정부에서 받는 돈보다 적다.

○ 주위에 서점이 없다.

○ 인터넷서점의 메인화면과 검색창, 대형서점의 주요 매대는 대부분 광고다.

○ 도서영업에서 가장 신경을 쓰는 것 중 하나가 굿즈나 포인트를 이용한 이벤트다.

○ 단행본 출판시장의 규모가 작다. 약 2,000억 엔 정도로 전성기 고단샤의 매출과 비슷하다.

○ 한국문학은 거의가 한국인이 쓴 것이다.

○ 창작자의 경우 대부분 문예창작과 출신이고 평론가의 경우 대부분 국문과 출신이다.

○ 문예창작과가 매우 많다. 2002년 기준 32개교 정도 된다.

○ 한국의 문학인은 학벌이 좋다. 많은 이들이 미래를 대비하여 대학원에 진학한다.

○ 한국은 시인공화국이다.

○ 지난 1000년간 한반도 지식인을 지배해온 것은 과거제였다. 시 쓰기는 과거를 보기 위해 반드시 습득해야 하는 능력 중 하나였다.

○ 문학의 최대 시장은 교육계다.

○ 한국에서 의무교육은 1950년대에 시작되었는데, 이는 일본보다 약 70년 정도 늦은 것이다.

○ 일본문학은 1960년대에 외국문학이 되었다.

이야기가 많이 엇나갔으니 원래의 논의로 다시 돌아오면, 지난 20년간 이루어진 한국문학의 해외진출을 살펴보면 큰 변화가 있었음을 알 수 있습니다. 편의상 이를 제1기(2001-2010년)와 제2기(2011-2019년)로 나누어 보면 사태가 보다 명확합니다(다음 페이지 그래프 참조). 처음에는 한국문학번역금고 때와 비슷하게 서구어 중심이었습니다. 많을 경우 85%에 육박할 때도 있었습니다. 이에 반해 2001년에서 2004년 사이 단 한 권도 일본어로 번역되지 않았습니다. 2009년에 갑자기 많아진 것은 밀린 책이 한꺼번에 출간되었기 때문으로 보이는데, 그도 그럴 것이 다음 해에 다시 1권으로 줄어듭니다.

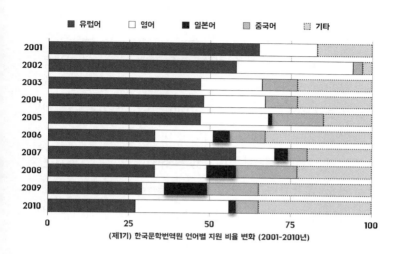

(제1기) 한국문학번역원 언어별 지원 비율 변화 (2001-2010년)

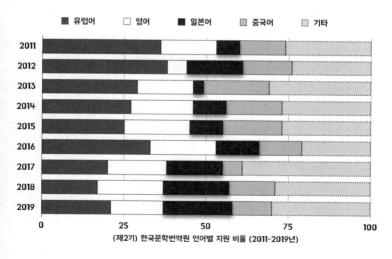

(제2기) 한국문학번역원 언어별 지원 비율 (2011-2019년)

주목할 점은 기타(주로 외국인들이 직접 번역하는 언어권)의 비중이 서서히 늘어나고 있다는 점입니다. 특히 중국어의 경우 20% 전후를 유지하는데, 이는 앞에서 지적한 유학생의 증가 때문이지만, 근본적으로는 중국의 경제성장과 관련이 있을 것입니다. 하지만 2010년대가 되면 분위기가 바뀌게 됩니다.

제2기에서 눈에 띄는 것은 유럽어의 감소와 일본어의 증가입니다. 특히 일본어는 꾸준히 증가하더니 작년에는 마침내 영어를 뛰어넘고 주요 유럽어(프랑스어, 독일어, 스페인어, 이탈리아어, 스웨덴어)를 합친 것과 비슷한 건수가 번역됩니다. 이런 변화는 도대체 어디에서 온 것일까요? 왜 갑자기 일본어에 대한 지원이 늘어난 것일까요. 이는 전략의 변화와 관련이 있습니다.

한국문학의 세계화를 향한 눈물겨운 노력을 가장 잘 보여주고 있는 것으로는 2000년부터 시작된 〈서울국제문학포럼 Seoul International Forum for Literature〉을 들 수 있습니다. 6년마다 열리는 이 행사는 규모로 보나 참가자들의 면면[53]으로 보나 단언컨대 세계 최고의 문학행사입니다.

[53] 가장 최근 노벨문학상 수상자를 메인작가로 선정하는 경우가 많다.

하지만 이런 일회성 행사가 한국문학을 세계에 알리는 데 도움이 될 리가 없었습니다. 그래서 고민 끝에 구상한 것이 〈동아시아문학포럼〉이었습니다. 2006년에 이 포럼의 필요성이 제기되더니, 두 노벨문학상 수상 작가(오에 겐자부로와 모엔)와 다음과 같은 합의를 이끌어내는 데 성공합니다.

(1) 2년마다 순회 개최
(2) 행사명 앞에 개최 순서에 따라 국가명 표기
(3) 3국 순회 개최 후 주변국 참가 논의

마침내 2008년 제1회 포럼이 한국(서울)에서 열립니다. 그리고 2000년 일본(기타규슈)에서 제2회 포럼이 무사히 개최됩니다. 여기까지는 다행히 모든 게 순조로웠습니다. 하지만 2012년 제3회의 경우 개최국인 중국 측의 일방적 연기 통보로 열리지 못하게 됩니다. 제18차 전국인민대표대회와 시기적으로 겹친다는 것이 이유였지만, 진짜 원인은 센카쿠열도를 둘러싼 중일 간의 긴장고조에 있었습니다. 그리고 우여곡절 끝에 3년 후인 2015년 베이징에서 제3회 포럼이 열립니다.

〈동아시아문학포럼〉은 한번 씩 돌아가면서 열렸기 때문에 세 나라가 비슷한 관심과 열심을 가지고 있었던 것처럼 보이지만, 사실 이 행사를 주도한 것은 한국이었습니다. 참고로 한국 쪽 참가자들의 경우 대부분이 〈서울국제문학포럼〉의 참가자이기도 했습니다. 이는 〈동아시아문학포럼〉이 사실상 〈서울국제문학포럼〉의 아시아 버전이었다는 것을 의미합니다.

행사를 주관한 문학단체도 나라마다 성격이 달랐습니다. 한국의 경우, 민관(대산문화재단과 한국문화예술위원회)이 합심하여 움직였던 데 반해, 일본의 경우는 몇몇 작가가 중심이 된 느슨한 모임이었고, 중국의 경우 공산당 산하에 있는 중국작가협회가 그 주체였습니다.

그런데 여기서 주목할 점은 〈동아시아문학포럼〉이라는 명칭에 존재하는 동아시아라는 단어입니다. 흔히 동아시아라고 하면 한중일을 뜻하는데, 물론 이는 잘못된 것입니다. 동아시아에는 한중일 말고도 많은 나라들이 있기 때문입니다. 하지만 '동아시아=한중일'이라는 등식이 일반적으로 통용되는 것은 이 세 나라가 정치적으로나 경제적으로나 동아시아를 주도하는 나라들이기 때문일 것입니다. 포럼을 기획할 당시 이런 문제점을 몰랐을 리 없습니다. 하지만 현실적으로 이런 행사를 개최할 수 있는 나라가 한중일밖에 없었기 때문에 일단 세 나라로 시작을 하고, 이후 다른 나라들(주변국?)도 참여시키기로 한 것입니다.

그런데 2018년 한국에서 열린 제4회 포럼도 결국 한중일로만 치러집니다. 즉 여전히 동아시아=한중일이었습니다. 하지만 놀랍게도 이에 대해 문제제기를 한 사람이 없었습니다. 이것은 문학계에서 이야기되는 '동아시아'가 지역명도, 그렇다고 해서 문화권을 가리키는 말도 아니라는 것을 뜻합니다.

그렇다면 우리는 한국에서 자주 사용되는 '동아시아'라는 단어에 의심을 눈초리를 보낼 수밖에 없습니다. 오늘날 일본이나 중국의 경우 '동아시아'라는 개념에 특별히 의미를 부여하고 있지 않는 것처럼 보입니다. 이는 각국이 주도한 행사의 내용을 보면 쉽게 알 수 있습니다. 한국에서 개최된 제1회 포럼의 경우, 한국작가 11명, 일본작가 12명, 중국작가 10명이 참가하여 〈현대사회와 문학의 운명-동아시아와 외부세계〉라는 주제 하에서 4개의 세부 주제와 11개의 세션(기조강연 포함)으로 치러졌습니다.

1. 동아시아문학과 세계문학(1-3세션)
2. 동아시아문명과 문화공동체
3. 고향, 국가, 지역공동체, 세계(1-3세션)
4. 문학의 미래(1-3세션)

대주제나 세부주제에서 알 수 있는 것처럼 제1회의 핵심은 '세계화 시대에 동아시아문학의 미래란 무엇인가'로 요약할 수 있습니다. 즉 세계에서 동아시아로 범위가 축소되었을 뿐, 그동안 서울국제문학포럼에서 논의해온 것과 큰 차이가 없었습니다.

그렇다면 일본에서 개최된 제2회 포럼은 어떤 주제를 다루었을까요? 거창하게 〈21세기 문학의 바다로! 지금 동아시아를 어떻게 쓸 것인가〉를 내세웠지만, 실제로 이야기된 것은 다음 세 가지였습니다.

1. 빈부와 욕망
2. 장소의 상상력
3. 연애와 문학

여기에는 '동아시아문학'도 '세계문학'도 들어가 있지 않습니다. 그렇다면 중국에서 열린 제3회의 경우는 어떠했을까요? 정치적인 이유로 3년이나 늦게 열린 포럼임에도 불구하고 놀랍게도 주제는 소박했습니다. 대주제는 〈현실생활과 창작영감〉이었고 세부주제도 고작 두 가지에 지나지 않았습니다.

문학창작의 영감을 어떻게 찾을 것인가
문학과 가정, 사회

일본이 문학의 소재에 초점을 맞추었다면, 중국은 창작방법론을 주제로 삼은 셈인데, 주로 동아시아문명, 세계문학, 미래의 문학과 같은 거창한 이야기를 한 한국과는 확연한 차이를 발견할 수 있습니다. 1회부터 3회까지 거의 같은 참가자로 구성되었음에도 불구하고 이런 차이가 난다는 것은 동아시아문학에 대한 각국의 인식이 근본적으로 다르다는 것을 뜻합니다.

물론 일본이나 중국의 문학인도 '동아시아문학'이라는 말을 모르지는 않을 것입니다. 하지만 그들의 입장에서는 그런 중간문학을 굳이 설정할 필요성을 느끼지 못했을 것입니다. 왜냐하면 그들은 자국문학에서 곧바로 세계문학으로 나아갈 수 있다고 생각하

고, 실제로도 그렇게 하고 있기 때문입니다. 단도직
입적으로 말해, 그들은 다른 동아시아국가의 인정 같
은 것은 필요로 하지 않습니다.

이에 비해 한국문학은 아직 세계문학에 도달하지
못한 게 현실이고, 또 당분간 그것이 요원해 보이기
때문에, 그 중간단계로서 '동아시아문학'에 집착하는
게 아닌가 합니다. 즉 한국문학에게 '동아시아문학'
이란 실은 세계문학에 도달하기 위한 교두보 같은 것
이었는지도 모릅니다. 최근 한국에서 일본에서의 성
공을 연일 보도하는 것도 이런 관점에서 이해할 수
있습니다.

자, 그렇다면 앞서 언급한 문학담당 기자가 자랑스
럽게 호명한 두 작품의 경우는 어떠할까요? 먼저 『채
식주의자』의 경우 2009년부터 번역지원을 받기 시작
했는데, 이후 10년 동안 무려 15건의 지원을 받습니
다. 1년에 지원되는 책이 100권 내외라는 것을 고려
할 때, 정말이지 파격적인(또는 편파적인) 지원이었습
니다.[54] 『82년생 김지영』의 경우, 2018년부터 올해

[54] 앞서 잠깐 언급한 것처럼 한국문학번역원은 번역만이
아니라 출판도 지원한다. 언어권별 시기별 내용별 차이가
있지만, 번역비과 출판비를 포함하여 대략 2,000만 원 정도

88

까지 불과 2년 동안 5건의 지원을 받았는데, 일본어 판의 경우는 2018년에 받았습니다.

최근 10년간 일본어에 대한 지원을 살펴보면 몇 가지 흥미로운 점을 발견할 수 있습니다. 우선 한국 문학을 전문적으로 번역하는 일본인 번역가의 등장 입니다. 다만 인력풀이 제한적이어서 소수의 번역가 가 반복해서 받고 있다는 특징이 있습니다. 예를 들 어 하시모토 지호橋本智保 씨의 경우 지금까지 총 8 건을 지원받았습니다. 그리고 사이토 마리코斎藤真 理子 씨는 지난 4년 동안 13번이나 지원대상자로 뽑 혔는데(2016-2019), 2018년 한해만 무려 6건의 지원 을 받았습니다. 정말이지 파격적이라 말하지 않을 수

를 지원한다고 한다. 참고로 이 경우 출판사는 번역가에게 별도로 번역료(초판)를 지급하지 않는다. 사실 출판사의 입 장에서 이보다 좋은 조건을 찾기란 쉽지 않다. 책이 팔리지 않아도 출판사에게는 큰 손해가 아니기 때문이다. 따라서 한국문학만을 전문적으로 내는 출판사가 등장해도 전혀 이 상하지 않다. 참고로 권당 지원액을 약 2,000만원으로 계 산했을 때, 그동안 『채식주의자』의 해외소개에 투여된 세 금만 약 3억 원에 달한다. 이는 이십만 부 이상 팔아야 받 을 수 있는 인세인데, 한국에서 그 정도 책을 파는 본격문 학 작가는 손에 꼽는다.

없습니다. 19개 언어권 총 118건의 지원 가운데 한 사람이 하나의 언어로 6건이나 받은 것은 유례가 없던 일로, 한국문학번역원이 그녀의 실력을 인정했다는 의미이기도 하지만, 일본진출에 나름의 승부수를 던졌다는 뜻이기도 합니다.

노파심에 말하지만 한국문학을 소개하는 번역자분들을 비판하고 싶은 마음은 없습니다. 도리어 그렇게라도 관심을 가지고 애써주신 것을 높이 평가합니다. 번역이란 애정 없이는 불가능한 일이기 때문입니다. 그리고 번역은 언제나 그렇듯이 작품이 재발견되는 계기가 되기도 합니다. 사이토 마리코 씨가 심포지엄[55]에서 참고자료로 나누어준 〈한국소설 추천목록〉은 저를 깜짝 놀라게 했는데, 이광수의 『무정』에서 시작되는 10권의 리스트에 정작 한국에서는 아무도 이야기하지 않는 두 권이 당당히 포함되어 있었기 때문입니다. 마광수의 『즐거운 사라』와 장정일의 『내게 거짓말을 해봐』가 그것입니다. 심지어 그녀는 이 두 작품을 90년대를 대표하는 한국소설로 꼽고

[55] 2020년 2월 11일 도쿄대에서 열린 〈동아시아에서 세계문학의 가능성〉이라는 심포지엄을 말하며, 본고는 이때 기조강연의 형태로 발표한 것을 수정가필한 글이다.

있었습니다.[56]

이 두 작품은 한국에서 출간되자마자 금서가 되었을 뿐 아니라 작가도 재판에 넘겨져 법적 처벌까지 받았습니다.[57] 그리고 30여 년이 지난 오늘날까지도 복권이 이루어지지 않고 있는데, 지금은 여성을 대상화한 남성중심의 서사라는 이유로 여전히 외면을 받고 있는 것 같습니다. 이런 상황이기에 이 작품들이 한국에서 다시 읽히는 일은 당분간 없을 것 같습니다. 사라의 작가는 당시의 후유증으로 고생하다 『82년생 김지영』이 붐을 일으킨 해에 스스로 생을 마감했는데, 안타깝게도 그의 죽음을 애도하는 사람보다 한남작가의 죽음이라며 비아냥거리는 사람이 많았습

...

[56] 이 두 작품은 '여성의 언어로 지론을 전개한 도전자(90년대)'라는 타이틀 하에 분류되어 있고, 이어서 '정론의 화자는 여성작가에게로?(2000-2010년대)'라는 타이틀 하에 조남주의 『82년생 김지영』, 정세랑의 『피프티 피플』, 윤이형의 「마흔셋」이 놓여 있다.

[57] 두 작품은 모두 오래 전 일본에 소개되었는데, 지금의 관점에서는 의외일지 모르지만, 정부의 지원을 받지 않았다. 두 작가 모두 문학계의 아웃사이더였던 탓인지 사회적으로 궁지에 몰렸을 때 그들을 옹호하거나 지지한 문학단체는 거의 없었다.

니다. 그런데 일본에서 『즐거운 사라』를 기억하고 있는 사람을 만나게 되니 자국에서 추방당한 작품이 번역을 통해 국경 너머에서 재평가의 기회를 가질 수도 있겠구나 하는 생각에 감개무량했습니다.

주지하다시피 『82년생 김지영』은 작년 일본에서 큰 화제를 모았습니다. 이 소식은 한국에도 곧바로 전해졌고, 문학계만이 아니라 출판계도 이에 크게 고무되었습니다. 하지만 이 정도로 만족하지 않는 사람도 있었습니다. 책은 많이 팔렸다고 하는데, 왜 한국과 같은 사회적 반향이 없느냐는 불만이었습니다. 한국에서 이 작품은 단순히 베스트셀러 한 권에 그치지 않고 일종의 사회현상이 되었습니다. 주인공 김지영이 겪은 불합리한 일들은 한국여성의 표준적 경험으로 간주되었기 때문입니다. 그렇다면 어떻게 그것이 가능했을까요? 그것은 소위 통계(데이터)의 함정이라는 것과 관련이 있지 않을까 합니다.

이 소설에는 특이하게도 많은 각주가 달려 있는데, 그것들은 주로 여성 관련 통계와 관련이 있으며 소설에서 현실성을 강하게 환기시키는 장치로 기능합니다. 이는 〈뉴욕타임즈〉 북리뷰도 지적하는 사항입니다. 그런데 그것은 역으로 고발소설로서 『82년생 김지영』이 가진 약점으로 볼 수도 있습니다. 왜냐하면 이 소설이 참조하는 자료란 대부분 원본이 아니라 그 것을 근거로 작성된 기사들이기 때문입니다.

통계란 누가 어떻게 조사하고 해석하느냐에 따라 전혀 다른 의미를 가집니다. 즉 '통계의 함정'에 빠지기 쉽습니다. 한국은 일본과 달리 대부분의 기사를 웹에서 무료로 볼 수 있습니다. 종이신문은 이제 거의 사라졌다고 해도 과언이 아닙니다. 그렇다면 언론사들은 어떻게 수익을 얻는 것일까요? 그것은 클릭 수와 광고를 통해서입니다. 따라서 그럴듯한 제목을 뽑기 위한 경쟁이 심합니다. 그리고 이 과정에서 데이터를 왜곡하거나 사실을 과장하는 일이 심심치 않게 발생합니다.

『82년생 김지영』에 등장하는 통계는 이런 기자들에 의해 편집된 데이터를 작가가 소설의 내용에 맞게 다시 한번 가공한 것입니다. 이는 과정을 역으로 거슬러 올라가 보면 쉽게 확인할 수 있습니다. 예컨대 소설에는 다음과 같은 부분이 등장합니다.

김지영 씨가 졸업하던 2005년, 한 취업 정보 사이트에서 100여 개 기업을 조사한 결과 여성 채

용 비율은 29.6퍼센트였다. 겨̇우̇ 그 수치를 두고
도 여풍이 거세다고들 했다.* 같은 해 50대 대기
업 인사 담당자 설문조사에서는 '비슷한 조건이
라면 남성 지원자를 선호한다'는 대답이 44퍼센
트였고 '여성을 선호한다'는 사람은 한̇ 명̇도 없었
다.**[58]

이 부분만 읽으면 한국은 남녀차별이 매우 심각한
사회로 보입니다. 작가는 그에 대한 객관적 증거라며
두 개의 기사를 각주로 제시합니다. 그런데 그 각주
에 제시된 기사의 원문은 해당부분이 다음과 같이 되
어 있습니다. 먼저 첫 번 째 기사(*)를 보면 다음과 같
습니다.

●여풍당당 '81년 만의 개혁.'
　기업문화가 보수적이란 평가를 받던 삼양그룹
에서는 상반기(1-6월) 공채 결과를 이렇게 표현
한다. 신입사원 25̇명̇ 가운데 여성이 15명(60%).
　창립 이래 공채에서 남성보다 여성 비율이 높은
·̇·̇·̇
[58] 조남주, 『82년생 김지영』, 민음사, 2016, 96쪽, 강조
는 인용자.

것은 처음이었다.

한진해운도 올해 대졸 신입사원 25명 가운데 15명(60%)이 여성이었다.

인크루트가 최근 125개 기업의 여성 채용비율을 살펴본 결과 지난해(26.1%)에 비해 3.5%포인트 늘어난 29.6%로 역대 최고치였다.

통계청의 10월 고용동향을 봐도 지난해 같은 기간에 비해 취업자가 28만 명 늘었는데 이 가운데 19만 명(68%)이 여성이었다.[59]

이 기사에는 2005년의 현실을 알 수 있는 4개의 수치가 나옵니다. 60%, 60%, 29.6%, 68%. 하지만 작가는 이 기사에서 가장 낮은 29.6%라는 수치만을 가져와 소설 속 현실을 뒷받침하고 있습니다. 사실 이런 수치는 기준을 어떻게 잡느냐에 따라 매우 유동적입니다. 당연한 이야기지만 일본과 마찬가지로 한국에도 적잖은 차별이 존재합니다. 하지만 이것은 한두 가지 수치로 판단할 문제가 아닙니다. 세상은 항상 우리가 생각하는 것보다 복잡하며 세부적 진실은 데

[59] 「키워드로 본 2005 취업 시장」, 〈동아일보〉, 2005년 12월 14일자, 강조는 인용자.

이터나 통계 같은 것에 표현되지 않는 경우가 많으니
까요.

흔히 세상에는 두 종류의 소설이 있다고 합니다.
하나는 세상을 가급적 단순하게 보는 소설이고, 다른
하나는 세상을 가능한 복잡하게 보는 소설입니다. 전
자에 속하는 것으로는 프로파간다 소설이나 세카이
계 소설을 들 수 있을 것입니다.

다음은 두 번째 각주(**)의 기사입니다.

　　50개 대기업 인사담당자를 대상으로 실시한 설
　문조사에 따르면 '비슷한 조건이라면 남성 지원
　자를 선호한다'는 응답자가 전체의 44%를 차지
　한 반면 '여성을 선호한다'는 응답자는 단 한명도
　없었다. '남성이든 여성이든 상관없다'는 응답은
　56%였다.[60]

작가는 위에서 강조한 제일 마지막 문장을 삭제하
고 인용합니다. 이는 '여자를 선호한다'는 사람은 단
한 명도 없었다는 점을 강조하기 위해서입니다. 물론
· · ·
[60] 「신입 사원 채용 시 외모, 성차별 여전」, 〈연합뉴스〉,
2005년 7월 11일자, 강조는 인용자.

이런 취사선택이 반드시 비판받아야 하는 것은 아닙니다. 소설이란 어차피 픽션이니까요. 그런데 굳이 소설에 이런 각주를 단 것은 독자들이 이 작품을 논픽션의 일종으로 받아들여주기를 원했기 때문이 아닐까 합니다.

저는 바로 이 부분에서 한국독자와 일본독자의 차이가 발생한다고 봅니다. 즉 한국독자의 경우는 『82년생 김지영』을 의사擬似논픽션(예컨대 소설판 〈PD수첩〉)[61]으로 받아들였기 때문에 사회적 이슈와 연결되어 일종의 현상이 되었던 데 반해, 일본독자의 경우 그저 소설로 받아들였기 때문에 공감 이상의 반응을 보이지 않았던 게 아닐까 합니다.

물론 이런 서로 다른 반응에는 자국문학이냐 외국문학이냐의 차이도 있을 것입니다. 그런데 세계문학사가 증명하고 있는 것처럼 자국문학이라고 해서 자국인이 항상 잘 이해하는 것은 아닙니다. 일본에서 김지영의 성공이 의미하는 것은 바로 이것이 아닐까 합니다.

[61] 작가는 TV 시사고발 프로그램 출신인데, 최근 이런 프로그램이 가진 부작용에 대한 이야기가 적지 않다.

모범사례로서의 한국문학

최근 일본문학계도 분위기가 예전 같지 않다고들 합니다. 물론 팔리는 작가들에게는 남의 나라 이야기처럼 들릴지 모르지만요. 따라서 이제 일본의 작가들도 정부에 지원을 요청하는 것도 나쁘지 않다고 생각합니다. 그리고 이때 한국은 매우 훌륭한 모범사례가 될 것입니다.

언젠가 일본의 유명 문예지가 연간 수억 엔의 적자를 보고 있다는 이야기를 들은 적이 있습니다. 안타까운 일이 아닐 수 없습니다. 한국에서라면 그 정도의 적자를 감수하면서까지 내지는 않을 것이기 때문입니다. 한국에는 '문예지 지원사업'이라는 것이 있어서 대형출판사에서 발간하는 문예지들까지 정부의 지원금을 받습니다. 그리고 이렇게 받은 돈은 대부분 원고료를 지불하는 데 사용됩니다. 사실상 정부가 작가들의 원고료를 지불하고 있는 셈이지요.

그리고 문예지에 실린 작품 중 우수작품을 선정하여 별도로 상금까지 줍니다. 뿐만 아니라 작품집 출간을 지원하는 출판사업, 우수문예도서 지원사업, 그리고 앞서 이야기한 것처럼 해외에 작품이 소개되도록 도와주는 번역사업, 문학가들의 해외체험을 지원하는 사업[62], 집필공간을 빌려주는 사업, 도서관 상주작가 지원사업(월급을 줍니다) 등을 통해 물심양면으로 문학계를 지원하고 있습니다. 그러고 보면 한국은 문학하기 좋은 나라입니다. 문학공화국이라는 것이 현실에 존재한다면, 그것은 바로 한국이 아닐까 합니다.

제가 알기로 국가가 문학을 지원한다는 발상은 오래 전 일본에도 있었던 것으로 압니다. 그럼에도 불구하고 그와 관련된 시스템을 갖추지 못한 것은 일본의 문학인들이 이 문제를 너무 안일하게 생각해온 탓이 아닐까 합니다. 시마자키 도손과 같은 인물이 대표적입니다.[63] 그는 문학으로 필요(생계유지) 이상

[62] 대표적으로 아이오와대학 국제창작프로그램 지원이 있는데, 항공비 외 14,000달러 정도의 체류비가 지원된다.

[63] 나쓰메 소세키도 문예원 신설과 관련하여 국가가 문

의 돈을 받는 것을 도둑질로 생각했을 뿐만 아니라, 정부가 주관하는 한 회의에 참석한 경험에 대한 다음과 같은 감상을 남기고 있습니다.

> 일찍이 문예위원회라는 것이 문부성 안에 구성된 적이 있었다. 취지는 국가가 회화나 음악을 보호해온 것처럼 문예도 보호하는 것이 어떤가 하는 것이었다. 그때 우리는 메이지문학이 어떤 보

학을 지원한다는 발상에 대해 원칙적으로 반대했다. "한 사람의 개인적인 비평으로 만족해야 할 문예가나 문학가가 국가를 대표하는 정부의 권위 밑에서 갑자기 국가를 대표하는 문예가로 변신한 결과, 세상으로 하여금 그들의 비평이야말로 최상의 그리고 최종적인 권위를 가지고 있다는 오해를 품게 할 염려가 다분히 존재한다. 그런데 문예 자체와 아무런 관련이 없는 정부의 권력에 근거한다는 점에서 설득력이 없으며, 더욱 문제가 되는 것은 이러한 오해가 일반 사회-특히 문예를 지망하는 청년들에게 심각한 악영향을 끼칠 수 있다는 점이다. 이것을 가리켜 문예의 타락이라고 하는 말이 널리 통용될 수 있을 것이다. 보호라는 말에 이르러서는 그 의미를 더욱더 알기 어렵다."(나쓰메 소세키, 「문예위원은 무엇을 하는 사람들인가?」, 황지헌 옮김, 『문명론』, 소명출판, 2004, 331쪽, 강조는 인용자) 단 궁핍한 작가들에게 장려금을 주는 것에는 찬성하고 있다.

호도 없이 민간의 사업으로서 발달해온 것에 대
해 자부심을 느꼈다.[64]

일본근대문학의 개척자들 중 상당수는 서른 살을
넘기지 못했습니다. 사이토 료쿠(1868-1904)도 기
타무라 도코쿠(1868-1894)도 구니기타 돗포(1971-
1908)도 히구치 이치요(1972-1996)도 요절했습니다.

도손은 이런 '조로조사早老早死'를 일본인의 허약
한 체질이나 격동의 시대를 산 예술가적 고통, 또는
창작상의 고뇌로 해석하는 것에 반대합니다. 대신에
국가나 시장의 도움 없이 문학가로서의 독립성과 자
부심을 지키려고 고투하는 과정에서 발생한 불행이
라고 이야기합니다. 즉 그들은 가난을 부끄러워하지
않았고, 또 책이 팔리지 않는 것에 대해 지금처럼 절
망하지도 않았습니다. 왜일까요? 도손은 그 이유를
다음 한 문장으로 요약합니다.

우리에게 경제적 관계란 곧 도덕적 관계다.[65]

[64] 島崎藤村,「著作と出版」(1925),『島崎藤村全集』(第
十一卷), 筑摩書房, 1985, 204頁, 강조는 인용자.
[65] 島崎藤村,「著作と出版」, 위의 책, 207頁.

도손이 엔본円本 붐 덕에 거액의 인세를 받게 되었을 때, 마치 시험을 당하는 예수의 제자처럼 심각하게 고민했던 것도 이와 관련이 있습니다. 그는 필요 이상의 돈이란 노력의 대가가 아니라 사람의 본성까지 바꾸는 부정한 물건으로 보았습니다. 그래서 급히 처분하듯 자녀들에게 모두 분배해 버립니다. 이것이 바로 도손의 마지막 단편소설 「분배」(1927)의 내용입니다. 하지만 이것은 100년 가까이 된 옛날이야기[66]이기에 굳이 귀담아들을 필요는 없습니다.

랭보의 말처럼 우리는 항상 현대적이어야 합니다. 그런 의미에서 일본문학도 이제부터 국가와의 관계를 재설정할 필요가 있을지 모릅니다. 그렇지 않으면 동아시아문학공간에서, 아니 세계문학공간에서 뒤쳐질 수도 있기 때문입니다. 최근 한국문학계는 젊은 세대의 활약이 두드러집니다. 그들은 이전 세대의 문

[66] 지금의 문부과학성 홈페이지를 보면, 메이지 당시 문학에 대한 정부의 지원과 관련하여 다음과 같이 기술되어 있다. "문예의 경우, 메이지 44년에 문예위원회, 관제官制, 규칙을 정하고 문예위원회를 설치하여 문예방면에서 견실한 사회풍조를 만들기 위해 온건하고 우수한 문예저작물 발달을 장려했으나 성공하지 못했고 이렇다 할 업적을 이루지 못했다."(강조는 인용자)

102

학을 송두리째 부정하고 정치적 올바름을 디폴트 삼아 새로운 문학을 주장하고 있다는 점에서 매우 래디컬합니다. 하지만 문학에 대한 국가의 지원만큼은 매우 당연하게 생각하고 있습니다. 아니 오히려 더 많은 지원이 필요하며 그것은 국가의 의무라고까지 주장합니다. 훌륭한 문화인만큼 계승 발전시키려는 것이지요.

그런 의미에서 한국의 새로운 문학은 국가의 지원을 디폴트로 삼는 문학이라고 말할 수 있습니다.[67] 따라서 만약 한국문학이 해외에서 성공한다면, 그 공은 일차적으로 국가에게 돌아가야 합니다. 애당초 근대문학이라는 것 자체가 근대국가와 함께 발전해온 것이기에 당연한 이야기인지도 모르지만 말입니다.

'상품으로서의 문학'은 업계의 이해관계가 얽혀있기 때문에 비평이든 서평이든 광고카피나 복지정책

---

[67] 이전 세대들은 지원을 받은 사실을 가급적 숨겼다. 부끄러웠기 때문이다. 문학에 대한 국가의 지원은 비교적 최근의 일로, 보통 김대중 정부에서 시작된 것으로 본다. 한국의 민주화는 국가의 문예지원, 문인의 정치화와 밀접한 관계가 있다. 어느 정도인가 하면 특정 정당 특정 정치인을 지지하기 위해 아무렇지 않게 작가선언을 할 정도다.

[68]이 되기 쉽습니다. 상품에 기스가 나는 것을 싫어하기 때문입니다. 한국문학이 주목을 받고 있는 지금, 여러분 가운데 한국문학에 호감을 가지고 계신 분들도 있으실 것입니다. 그분들은 한국문학이 얼마나 대단한지 일본문학과 비교했을 때 어떤 점이 더 뛰어난지 말해 주길 기대하셨을지도 모르겠습니다.

하지만 그런 이야기라면 이제 어디서든 들을 수 있으실 것이기에 일부러 불편한 이야기를 해 보았습니다. 참고로 이런 이야기를 할 수 있는 것은 제가 한국문학을 비평하는 한국인 평론가라기보다는 그저 한국에서 한국어로 작업을 하는 비평가이기 때문입니다. 제게는 한국문학이나 일본문학이나 똑같은 문학에 지나지 않습니다. 감사합니다.

• • •

[68] "문학편집자는 서평가에게 친절한 글을 써주십사 부탁하고, 실로 서평가들은 대부분 친절하다. 늙은 소설가에게는 늙었다는 이유로, 젊은 소설가에게는 젊다는 이유로 친절하다. 영국인 작가에게는 미국인이나 독일인이 아닌 영국인이라는 이유로 친절하고, 그 밖의 작가들에게는 흑인(또는 백인)이라서, 여성(또는 남성)이라서, 구소련 난민이라서 친절하다. (중략) 서평은 복지정책이 아닐까 싶을 정도다." (메리케이 윌머스, 『서평의 언어』, 송섬별 옮김, 돌베개, 2022, 86-87쪽, 강조는 인용자)

실험으로서의 비평

K-문학의 기원과 근대문학의 종언

지금 이 자리에 있는 분 가운데 한국문학에 관심이 있는 분은 아마 거의 없으실 것입니다. 그런 의미에서 한국에서 온 문학비평가로서는 매우 낯선 장소일 수밖에 없지만, 그렇다고 특별히 문제가 되는 것은 아닙니다. 애당초 이 자리는 한국문학에 대해 이야기하는 자리가 아니기 때문입니다.

최근 일본에서 한국문학에 대한 관심이 높아진 것으로 압니다. 그것을 실감한 것은 『82년생 김지영』에 대해 질문을 여러 번 받았을 때입니다. 실제로 서점에 들려보니 『82년생 김지영』은 눈에 잘 띄는 곳에 놓여 있었습니다. 그런데 바로 옆에 『반일종족주의』도 있었습니다. 물론 이 두 책은 내용상 아무런 관련이 없습니다. 하지만 같은 시기에 한국은 물론 일본에서도 똑같이 환영을 받고 있다는 사실은 시대정신

이라는 관점에서 볼 때 어떤 방식으로든 연결되어 있
지 않나 하는 생각을 잠시 해보았습니다. 하지만 이
자리는 그런 이야기를 하는 자리는 아니기에 그냥 넘
어가도록 하겠습니다.

그런데 기억하시는 분들이 거의 없겠지만, 한국문
학이 일본에서 주목을 받은 게 이번이 처음은 아닙
니다. 예컨대 1994년에 번역된 마광수의 『즐거운 사
라』(1991)도 『82년생 김지영』만큼 팔린 것으로 압니
다. 물론 이 두 작품은 여러모로 다른 작품입니다. 하
지만 여성주인공을 통해 유교문화의 엄숙주의와 가
부장제를 비판하고 있다는 점은 비슷합니다.

그런데 사라의 작가는 이 작품으로 사회적 지탄을
받고 음란죄로 법정구속까지 됩니다(1992년). 그리
고 오랫동안 후유증에 시달리다 자살로 생을 마감합
니다(2017년). 같은 해 김지영의 작가는 출판계와 언
론은 물론 정치권(국회와 대통령)의 큰 환영을 받고
책은 베스트셀러가 됩니다. 51년생 작가와 78년생
작가 사이에 존재하는 약 30년이라는 세월의 변화는
68년생 사라와 82년생 김지영 사이에도 있을 것으로
생각됩니다. 자유냐 평등이냐 하는.

자국의 문학이 이웃나라에서 환영을 받는다는 것

은 항상 반가운 일입니다. 그런데 국가 간 교류란 눈에 띄는 상업적 성공만으로 평가할 수는 없는 법입니다. 하지만 한국의 출판계나 언론은 현재 다소 고무되어 있는 것 같습니다. 성질이 급한 이들은 K-문학[1]의 인기를 BTS(방탄소년단)의 세계적 성공[2]와 비교하면서 한류의 부활까지 이야기하고 있습니다. 경직된 한일관계를 고려할 때, 문학이 민간 차원에서 화해의 물꼬를 트는 것도 나쁘지는 않다고 생각합니다.

그런 의미에서 아쉬운 점이 한 가지 있습니다. 한국의 문인들이 죽창가를 권한 조국 전 장관을 지지하

[1] K-문학은 K-팝, K-드라마의 연장선상에 있는 표현이지만 차이가 있다. K-팝이나 K-드라마가 타칭이라면 뜻밖에도 K-문학은 자칭이다. 'K-문학'의 기원과 관련해서는 여러 설이 있지만, 찾아본 바에 따르면 이 용어가 공식적으로 처음 사용된 것은 2011년으로 보인다. 일본의 한국문화원(한국대사관 소속)은 2009년부터 일본인을 대상으로 〈한국문학 독서감상 콘테스트〉라는 행사를 개최했는데, 3회째인 2011년 공고에 '한국문학(K-문학)'이라는 표현이 처음 등장하고 있다. 참고로 최근에는 'K-철학'이라는 표현도 사용되고 있다. 물론 자칭이다.

[2] 한 들뢰즈 전공자는 BTS의 인기를 들뢰즈 사상과 접목시켜 논하고, 한 문학평론가는 하이데거의 예술론을 빌어 그들의 노래가 가진 혁신성을 칭찬했다.

기[3] 전에 일본문학이 불매운동(No Japan 운동)의 대상이 되는 것 정도는 막아주었으면 좋았을 뻔 했습니다.[4] 지금의 불편한 관계는 기본적으로 양국의 정치인들이 만든 것이기에, 이에 휘둘려 민간 차원의 교류까지 막아서는 안 된다고 말입니다. 물론 그런 이야기를 하기 힘든 분위기이긴 했지만, 세상에 쉬운 일이란 없는 법이지요.

여담은 진짜 여기까지입니다. 오늘 할 이야기는 다른 것입니다. 하지만 전혀 관계가 없는 것은 아닙니다. 시간적으로는 그리 오래되지 않았지만 까마득한 옛날처럼 여겨지는 일들이 있습니다. 현재에 지나치게 몰두한 나머지 지금을 있게 한 토대를 망각하고 있는 것이지요. 그래서 오늘은 그동안 잊고 지내던,

...

[3] 2019년 10월 7일 약 1,300여명의 문인이 '2019 작가선언'이라는 것을 했는데, 당시 법무장관이었던 조국을 지지한다는 내용이었다.

[4] 이번 한일갈등으로 손해를 입은 곳 중 하나가 일본소설을 내려던 출판사였는데, 인쇄까지 다 끝내놓고 출간을 연기하는 곳도 있었다. 이런 분위기에서 일본소설을 진열하지 않겠다는 공고문을 붙이는 서점도 등장했다.

하지만 큰 의미를 가진 과거를 되돌아보는 시간을 가져볼까 합니다.

15년 전, 그러니까 2000년대 중반의 한국문학계는 지금과는 분위기가 완전 딴판이었습니다. 가라타니 고진의 「근대문학의 종언」(2003)[5]을 둘러싸고 문단 전체가 혼란에 빠져 있었습니다. 어느 정도였는가 하면 당시 발표되는 문학평론의 대부분이 "가라타니 고진은 근대문학이 끝났다고 말하지만, ……"으로 시작될 정도였습니다. 그래서 어느 저명한 평론가는 한 문학상 심사평에서 "물론 가라타니 고진의 당대문학에 대한 진단으로부터 말머리를 풀어나가는 것은 진부하지만, ……"이라고 쓰기도 했습니다.

외국비평가의 강연문 하나가 한 나라의 문학계 전체를 들었다 났다 한 일은 유례를 찾기 힘들 것입니다. 하지만 다른 한편으로 그럴 만한 이유가 없지는 않았습니다. 당시 가라타니는 한국의 문학가와 문학연구자들이 가장 주목하던 외국인 비평가였기 때문

[5] 2003년 긴키대학에서 행해진 이 강연은 이듬해 『와세다문학』(5월호)에 실리자마자 한국어로 번역되었다(『문학동네』, 2004년 겨울호). 흥미로운 사실은 게재를 결정한 편집위원이 동의하는 것은 아니라고 애써 밝힌 점이다.

1991~1997	회	1998~2002	회	2003~2007	회	2008~2011	회
게오르크 루카치	17	게오르크 루카치	19	가라타니 고진	34	발터 벤야민	16
마타이 칼리니스쿠	6	가라타니 고진	16	피에르 부르디외	21	가라타니 고진	15
마셜 버먼	5	미셸 푸코	14	게오르크 루카치	16	미셸 푸코	11
미하일 바흐친	4	사에구사 도시카츠	9	미셸 푸코	16	피에르 부르디외	11
프레드릭 제임슨	4	피에르 부르디외	8	슬라보예 지젝	15	조르조 아감벤	10
로만 야콥슨	3	발터 벤야민	8	마이클 로빈슨	13	호미 바바	10
막스 베버	3	위르겐 하버마스	7	발터 벤야민	13	브루스 커밍스	9
발터 벤야민	3	테리 이글턴	6	지그문트 프로이트	13	슬라보예 지젝	8
위르겐 하버마스	3	롤랑 바르트	5	호미 바바	12	자크 데리다	8
임마누엘 칸트	3	마르틴 하이데거	5	베네딕트 앤더슨	11	게오르크 루카치	7
카렐 코지크	3	마셜 버먼	5	하루오 시라네 / 스즈키 토미	11	자크 랑시에르	7
테리 이글턴	3	에드워드 사이드	5	고모리 요이치	11	테리 이글턴	7
Paul de Man	3	이매뉴얼 월러스틴	5	강상중	9	프랑코 모레티	7
사에구사 도시카츠	3	피터 브룩스	5	에릭 홉스봄	9	R. 타고르	6
제라르 쥬네트	3	레이먼드 윌리엄스	4	니시카와 나가오	8	베네딕트 앤더슨	6
		뤼시앙 골드만	4	레이 초우	8	사카이 나오키	6
		미하일 바흐친	4	사카이 나오키	8	칼 마르크스	6
		사카이 나오키	4	롤랑 바르트	7	프란츠 파농	6
		유진 런	4	리타 펠스키	7	칼 슈미트	6
		이언 와트	4	임마누엘 칸트	7		
		칼 마르크스	4	프란츠 파농	7		
		프레드릭 제임슨	4	프랑코 모레티	7		
		테오도어 아도르노	4				

입니다. 이는 막연한 짐작이 아니라 데이터로도 이미 증명된 바 있습니다.

가라타니 고진은 90년대 말부터 2010년대까지 문학연구자들이 가장 많이 인용하고 언급해 온 외국인이었습니다. 심지어 푸코와 벤야민을 능가했습니다. (위의 표[6] 참조) 그것은 주로 『일본근대문학의 기원』(한국어판 출간은 1997년)이라는 책과 「근대문학의 종언」이라는 강연문과 관련이 있습니다. 문예지

[6] 황호덕, 「외부로부터의 격발들」, 『상허학보』(35집), 2012년, 74쪽에서 가져옴.

에 실리는 평론 쪽은 정확히 조사된 바 없지만, 당시
의 분위기를 고려했을 때 학술지와는 비교도 안 될
정도로 많이 언급되었을 것입니다. 하지만 언제부터
인가 평론가나 연구자들의 글에서 그의 이름이 사라
지기 시작합니다.

『일본근대문학의 기원』은 한국에서 근대문학을
공부하는 사람들에게 필독서였습니다. 한국근대문학
을 이해하는 데에 큰 참조가 되었기 때문입니다. 실
제 이 책의 논의는 식민지시대 문학연구에 그대로 적
용이 가능해서 여러모로 활용가치가 높았습니다. 하
지만 인용하고 언급하는 것과 이해하는 것은 별개인
경우가 많습니다. 즉 어떤 의미에서 이 책은 본래 의
도와는 정반대로 활용된 측면이 강합니다.

한국의 문학인이나 연구자들이 「근대문학의 종
언」에 큰 충격을 받고 강하게 반발한 것이 그 증거입
니다. 사실 「근대문학의 종언」은 『일본근대문학의
기원』과 다른 주장을 하고 있는 글이 아닙니다. 오히
려 그것의 연장선상에 있는 글이라 할 수 있습니다.
하지만 이것을 정확히 이해하지 못했기 때문에 "가라
타니가 갑자기 문학을 버렸다"며 일종의 배신감을 느
꼈던 것이 아닌가 합니다. 여하튼 「근대문학의 종언」

에 대해 보여준 한국문학계의 히스테리컬한 반응만큼은 확실히 근대문학적이었습니다.

　제가 『가라타니 고진과 한국문학』(2008)이라는 책을 쓴 것은 이런 분위기 속에서였는데, 당시 저는 이렇게 말한 적이 있습니다. 이후「근대문학의 종언」에 대해 논하고자 하는 사람이 있다면, 그가 누구든 한국의 반응을 반드시 연구할 필요가 있다고 말입니다. 모든 것의 본질은 강한 저항을 통해서 비로소 명확히 드러나기 때문입니다.

근대문학의 본질과 포스트모던의 조건

「근대문학의 종언」은 일본에서도 나름 화제가 된 것으로 알고 있습니다. 하지만 반응방식에서 크게 달랐던 것 같습니다. 일본의 문학인들에게는 그것이 갑작스러운 일이라기보다는 모두가 막연하게나마 느끼고 있던 것을 명확히 표현한 것 이상도 이하도 아니었습니다. 글의 서두에서 다음과 같이 이야기되고 있는 것도 아마 그 때문일 것입니다.

> 이것은 내가 소리 높여 말하고 다닐 사항은 아닙니다. 단적인 사실입니다.[7]

물론 문학은 여전히 쓰이고 읽히고, 때가 되면 문학상도 수여됩니다. 하지만 범위를 순문학으로 한정

[7] 가라타니 고진, 『근대문학의 종언』, 조영일 옮김, b, 2006, 43쪽, 강조는 인용자, 이하 쪽수만 표기.

하면, 소수의 인기작가를 제외하면 말하기 창피할 정도의 판매량을 보여주고 있는 것도 사실입니다. 당연히 문예지 발행부수도 현격히 줄어들었습니다. 이런 현실을 몸소 느끼던 일본의 문학인들로서는 "과연 그렇군"하고 수긍할 수밖에 없었을 것입니다.

물론 개중에는 "무슨 헛소리냐. 문학은 죽지 않았다. 문학은 영원하다"고 주장하는 사람도, 비슷한 주장이 과거에도 여러 번 있었다는 사실을 장황하게 설명하는 사람도 있었을 것입니다. 하지만 그렇게 말하는 사람들조차 문학에 대한 관심이 예전 같지 않다는 사실만큼은 부정하기 힘들었습니다. 다시 말해 적어도 위기의식만큼은 공유하고 있었습니다.

문학의 위기는 단도직입적으로 말하면 독자의 감소, 문학에 대한 무관심이라 할 수 있습니다. 그렇다면 왜 이런 상황에 처하게 된 것일까요? 만약 이 물음에 답을 할 수 있다면, 다시 말해 이유를 찾아낼 수 있다면, 잃어버린 독자를 다시 불러올 방법도 찾을 수 있을지 모릅니다. 이때 흔히 등장하는 것이 젊은 작가들에 대한 비판입니다. 요즘 작가들은 작가의식이 없다, 사회문제를 외면하고 신변잡기에만 천착할 뿐이다, 하는 식의 비난 말입니다.

그런데 젊은 작가들로서는 이런 비판만큼 억울한 것도 없습니다. 이는 정확히 2차 대전 후 등장한 젊은 독일작가들이 "우리는 더 이상 토마스 만처럼 쓸 수 없다"고 외쳤던 일을 떠올리게 합니다. 가라타니 역시도 문학상을 심사하던 시절에 젊은 작가들이 약속이나 한 듯이 하루키를 흉내 내는 것에 불만을 토로한 적이 있지만, 영향이란 받으려 한다고 해서 받아지는 것은 아닐 것입니다.

문학이 이전과 같지 않다는 위기의식은 기본적으로 그에 대한 극복을 전제로 합니다. 실제 예술에서 이야기되는 위기란 항상 새로운 예술혁명에 대한 요구였다고 해도 과언이 아닙니다. 하지만 가라타니의 '근대문학의 종언'은 그와 같은 극복에의 요구와는 무관합니다. 무엇보다도 그는 위기의 원인을 작가의 재능이나 노력 부족에서 찾지 않았습니다. 그런데 이는 문학이 그동안 누렸던 과거의 영광이 작가의 능력이나 노력에 의해 이루어진 것이 아니라는 의미이기도 합니다. 따라서 지난 시절의 위대한 작가를 본받으라고 충고하거나 위기를 타개할 대안 같은 것을 제시하지 않았습니다.

그렇다면 그는 왜 '근대문학의 종언'을 이야기한

것일까요. 이에 대해서는 스스로 서두에서 명확히 밝히고 있습니다.

> 문학이 중요하다고 생각하고 있는 사람은 이젠 적습니다. 그러므로 굳이 내가 말하고 다닐 필요도 없습니다. 오히려 문학이 매우 커다란 의미를 가졌던 시대가 예전에 있었다는 사실을 말하고 다닐 필요가 있습니다.(43-44쪽, 강조는 인용자)

가라타니에게 있어 '근대문학'이란 단순히 '근대의' 문학, 즉 근대에 쓰인 문학만을 이야기하지 않습니다. 그보다는 문학이 중요하다는 관념 자체를 의미합니다. 따라서 이와 같은 관점에서 해석되고 의미부여를 받은 '과거의 문학'은 물론, 그것에 의해 요청되는 '미래의 문학'도 모두 근대문학에 포함됩니다. 즉 '근대 이전의 문학', '근대문학', '근대 이후의 문학'이 있는데, 이 가운데서 '근대문학'이 끝났다는 이야기가 아닙니다.

따라서 인류의 역사와 거의 동일시되는 넓은 의미의(구술문학까지 포함된) '문학'을 근대문학과 구분하여 전자는 영원하다고 말하는 것도 의미가 없습니다. 왜냐하면 그와 같은 대문자 문학을 설정하는 행위 자체가 근대문학적인 발상이기 때문입니다. 가라타니가 근대문학을 이야기하며 문제삼는 것은 바로 그런 발상 자체로, 문학의 오랜 역사에서 볼 때 그것은 오히려 이례적인 것이었습니다.

문학은 지금까지 인류와 함께 해왔고 앞으로도 그럴 것입니다. 하지만 모두가 의무적으로 배워야 하는 문학, 입시에 필요한 문학, 제도로서 보호되어야 하는 문학의 역사는 기껏해야 백 년을 조금 넘겼을 뿐입니다. '근대문학'에 흥미로운 점이 있다면, 바로 이런 예외성이라 하겠습니다.

일반적으로 근대문학은 여전히 '근대의' 문학으로 이해됩니다. 따라서 한국작가와 일본작가가 만나 다음과 같은 이야기를 나누는 것도 이상하지 않습니다.

김연수 : 내 생각은 이렇다. 죽은 것은 '근대'문학이다. 그런 말을 하는 학자나 평론가들은 근대문학을 공부한 이들이다. 나는 한 나라 안에서 자국어만으로 이루어지는 문학이 끝났다는 뜻으로 그 말을 받아들인다. 유럽의 작가들을 보니 자국어만이 아니라 번역을 통해 독자를 확보하고 살

아남는 것 같더라. 문학작품은 여전히 활발하게 창작되고 있다. 당신의 생각은 어떤가.

히라노 게이치로: 전적으로 동감한다. 같은 문제의식을 갖고 있는 작가가 한국에 있다는 점이 기쁘고 용기를 준다. 보르헤스가 20세기 초에 한 강연에서도 '소설이 죽었다고 예전에 누군가 말했지만' 하는 대목이 나온다. 어느 시대에나 그런 말은 있었다는 것이다. 근대문학이 죽었다는 것과 소설이 죽었다는 것은 다르다. 후자는 소설 장르 자체의 무효를 선언하는 것이고, 앞의 말은 근대는 끝났을지 몰라도 그 이후에 무언가 있을 수도 있다는 뉘앙스를 품고 있다. '소설이 죽었다'는 말은 앞으로도 있을 수 없다.[8]

여기에는 '근대문학의 종언'에 대한 두 가지 해석이 존재합니다. 먼저 한국의 소설가는 그것을 '자국어만으로 이루어지는 문학의 종언'으로 해석합니다. 이에 반해 일본의 소설가는 근대문학은 끝났을지 모

[8] 김연수 · 히라노 게이치로, 「문학은 '한류' 없고 '일류'만… 얕은 교류 아쉬워」, 〈한겨레〉, 2005년 10월 30일자, 강조는 인용자.

120

르지만 소설이 끝난 것은 아니라고 해석합니다. 사실 근대문학이라는 말은 정작 서구권에서는 잘 쓰지 않는 표현으로, 이 단어가 특권적인 의미를 가지고 있는 곳은 그것을 뒤늦게 받아들인 한국, 일본, 중국과 같은 나라입니다. modern을 근대와 현대로 세분하여 사용하는 것도, 또 그로 인해 종종 혼란이 발생하는 것도 서구에서는 없는 일입니다.

서구의 경우 비슷한 문제의식을 가지고 있다고 해도 보통 '소설의 종언' 또는 '소설의 죽음'이라는 표현이 사용되는 것 같습니다. 이는 근대문학이 오랜 기간에 걸쳐 자연스럽게 발전한 나라와 짧은 기간에 이식된 나라의 차이와 관련이 있을 것입니다. 그런데 가라타니가 말하는 '근대문학'도 실은 소설을 핵심으로 삼고 있기 때문에, '근대문학의 종언'이란 '소설의 종언'과 같은 말이라고 할 수 있습니다. 단 서구에서 이야기되는 것과는 약간 다른 의미에서 그러합니다.

근대문학이라고 하면 나는 소설을 떠올립니다. 물론 근대문학이 근대소설로 한정되는 것은 아니지만, 소설이 중요한 지위를 차지한다는 것에 바로 근대문학의 특질이 있습니다. 근대 이전에도

'문학'은 있었습니다. 그것은 지배계급이나 지식층 사이에서 중요하게 여겨졌습니다. 그러나 그 안에 소설은 들어가지 않았습니다. (중략) 일본에서도 마찬가지입니다. '문학'은 한문학이나 고전을 가리키기 때문에 소설, 패사稗史류는 지식인의 시야에서 벗어나 있었습니다. 메이지 20년대가 되어서야 비로소 소설이 중요하게 취급되기 시작했습니다. 때문에 근대문학이 중요하게 여겨졌다는 것은 소설이 중요하게 여겨졌다는 것, 또 그와 같은 소설이 쓰였다는 것을 의미합니다.

따라서 근대문학이 끝났다는 것은 소설 또는 소설가가 중요했던 시대가 끝났다는 것입니다. (44쪽, 강조는 인용자)

소설이 유독 높은 평가를 받은 시대의 문학, 가라타니는 그것을 '근대문학'이라고 부르면서 '근대문학의 종언'이란 소설(가)의 종언, 보다 정확히는 소설과 소설가가 중요했던 시대의 종언이라고 말합니다.

따라서 엄밀히 말하면 소설이 죽었다고 주장하는 것이 아닙니다. 원래의 모습을 되찾은 것에 불과합니다. 따라서 주장의 옳고 그름과는 별개로 "근대문학

은 죽었을지 모르지만 소설은 죽지 않았다"는 식의
강조는 그 자체로 모순입니다. 소설은 죽은 것이 아
니라 무거운 짐(사회적 책임)을 내려놓고 이전과 같
이 가벼워진 것이기 때문입니다.

따라서 근대문학 이후의 새로운 문학을 이야기하
면서 소설의 중요성을 내세우고, 그것을 통해 실추된
문학의 명예를 회복시키겠다는 발상은 결코 근대문
학으로부터 벗어난 것이 아닙니다. 반복하지만 '소설
을 중요하게 생각하는 시대의 문학'은 모두 근대문학
이기 때문입니다. 사실 이것도 서두에 명확히 표현되
어 있습니다.

이것은 근대문학 이후 예를 들어 포스트모던
문학이 있다는 말도 아니고, 또 문학이 완전히 사
라진다는 말도 아닙니다.(43쪽)

가라타니는 문학이 끝났다고 말한 적이 없습니다.
그리고 근대문학 이후에 그와는 다른 포스트모던 문
학이 있다고 말하지도 않았습니다. 그것 역시 근대문
학이기 때문입니다. 아즈마 히로키는 이와 관련하여
다음과 같이 말한 적이 있습니다.

소위 '포스트모던 문학'은 소설의 내부에서 아무리 전위적인 실험을 해간다고 해도, 현실적으로는 보수적인 문학작품으로서 유통되고 있다. 그들의 소설은 문예지에 실리고, 문학상을 받으며, 대학에서 교재로서 다루어진다. 그런 환경은 포스트모던의 조건으로부터 매우 멀다.[9]

여기서 아즈마가 주목하고 있는 것은 근대문학을 뒷받침하고 있는 생산, 유통, 소비의 구조입니다. 아무리 포스트모던을 운운하더라도 기존과 같은 구조에 기반하고 있다면 여전히 근대문학이라는 주장입니다. 라이트노벨도 예외가 아닙니다. 최근에는 이것들도 논문의 대상이 되고 있기 때문입니다.

그런데 이는 소위 포스트모던 철학에도 해당되는 이야기입니다. 이 사상은 근대적 제도에 대한 불신으로 가득차 있었지만, 대학이라는 제도를 벗어나지 못했고 현실적으로 프랑스철학 관련 자리를 약간 더 확보하는 것으로 끝났습니다. 즉 지식의 생산, 유통, 소

[9] 아즈마 히로키,『게임적 리얼리즘의 탄생』, 장이지 옮김, 현실문화, 2012, 40쪽, 강조는 인용자.

비의 구조는 이전 그대로였습니다. 한마디로 유행 속 태풍이었던 것이지요.

몇몇 사람들의 지적처럼 근대문학이 끝났다는 주장은 결코 새로운 것이 아닙니다. 나름 오랜 역사를 가지고 있습니다. 위기의식도 늘 있었고요. 그런데 이는 근대문학을 넘어서려는 노력 또한 오래되었다는 것을 의미합니다. 하지만 그것들은 결과적으로 근대문학이라는 제도에 결정적 타격을 가하기는커녕 오히려 활성화시켜 왔다고 할 수 있는데, 가라타니에 따르면, 이런 양의성이야말로 바로 근대문학의 본질입니다.[10] 어떻게 보면 "완벽하게 현대적이어야 한다"(랭보)는 강박관념 자체야말로 근대문학이 아닐까 합니다.

···
[10] 『일본근대문학의 기원』의 마지막 장은 정확히 이것을 이야기하고 있다.

신세대문학과 하루키 증후군

그렇다면 근대문학은 언제 끝난 것일까요? 가라타니에 따르면, 미국에서 그것은 1950년대에 일어났고 (레슬리 피들러는 60년대 초에 '소설의 죽음'을 선언한 바 있습니다), 일본에서는 80년대에 조짐이 보였습니다. 그러다 나카가미 겐지의 죽음(1992년)으로 종지부를 찍게 되는데, 가라타니는 바로 이때부터 한국문학과의 교류에 적극적으로 나섭니다. 당시는 한일 간 문화교류가 극도로 제한적인 시기였기 때문에 매우 이례적인 행보였습니다. 이후 그는 10년 넘게 이루어지는 교류 속에서 많은 한국의 문학인을 만납니다.[11]

그런데 어느 날 갑자기 「근대문학의 종언」이라는 강연을 합니다. 이 강연은 많은 사람을 당혹스럽게

[11] 이 과정에 대해서는 『가라타니 고진과 한국문학』에서 자세히 서술한 바 있다.

했는데, 일단 그가 문학비평가였다는 사실 자체를 기억하는 사람이 많지 않았습니다. 언제서부터인가 그는 문학 대신에 사상 관련 작업을 하고 있었기 때문입니다. 그렇다면 그가 새삼 이런 강연을 한 이유는 무엇이었을까요? 여기서 우리의 눈길을 끄는 것은 '근대문학의 종언'의 증거로 한국문학을 언급하고 있다는 사실입니다.

하지만 내가 근대문학의 종언을 정말 실감한 것은 한국에서 문학이 급격히 영향력을 잃어갔기 때문입니다. 그것은 충격이었습니다. 1990년대에 나는 한일작가회의에 참가하거나 한국의 문학자와 사귈 기회가 많았습니다. 그래서 일본은 이렇게 될지라도 한국만은 그렇게 되지 않을 것이라는 느낌이 들었던 것입니다. 예를 들어 2000년에도 나는 서울에서 가진 기자회견 당시 일본문학은 죽었다고 말한 적이 있습니다. 그것은 상품으로서는 무라카미 하루키와 같이 세계적으로 통용되는 작품을 생산하고 있지만, 일본사회에서 문학이 일찍이 가지고 있었던 역할이나 의미는 끝났다는 것입니다. 나중에 들어보니 그것이 화제가 되었다고 하는데, 남의 일이 아니라는 느낌으로 받아들여졌다고 합니다. 그도 그럴 것이 이미 한국에서도 젊은 사람들이 무라카미 하루키를 읽게 되었기 때문입니다. 그 시점에서 한국문학은 어떻게 될 것 같으냐는 질문을 받았을 때, 나는 한국에서는 문학의 역할이 사라지지 않고 계속 남아있을 것이라고 말했습니다. 정치운동이 사라지지 않는 것과 마찬가지로 문학도 사라지지 않는다고 말입니다.(48쪽, 강조는 인용자)

위 언급에 따르면 가라타니는 이미 2000년에 '문학의 종언'에 대해 이야기한 바 있습니다. 단 그것은 어디까지나 '일본문학'에 국한된 이야기였습니다. 그런데 한국의 문학가들은 남의 일이 아닌 것으로 받아들인 것 같습니다. 이후 이런 사실을 알게 된 그가 '근대문학의 종언'을 선언하게 되었다는 것입니다. 그런데 그는 정말 그것을 뒤늦게 깨달은 것일까요?

거슬러 올라가면, 가라타니는 1997년에 있었던 창비 진영 비평가들과의 대담에서 다음과 같이 말한 적이 있습니다.

일본과 비교하면 한국에서는 문학자의 사회적 지위가 현격히 높지만, 그렇다고 해도 최근 수년 작가를 둘러싼 독자의 상황에 변화가 보이는 것처럼도 느껴집니다. 최 선생은 제가 6월 서울에 왔을 때 말한 "일본에서 문학은 죽었다"라는 발언—비유적인 표현이지만—을 인용하며 "그러나 남의 일이 아니다"라고 신문에 쓰셨습니다.[12]

가라타니는 이미 3년 전에 비슷한 발언을 했을 뿐만 아니라 그에 대한 한국 측의 반응까지 확인한 바 있습니다. 그렇다면 무언가 기억상의 착오가 있는 것일까요? 그렇게 볼 수도 있습니다. 그런데 여기서는 순서의 정합을 따지기보다 이 대담이 이루어진 해에 제1회부터 참석해 오던 한일문학심포지엄(한일작가회의)을 그만두었다는 사실에 주목할 필요가 있습니다. 당시 그는 더 이상의 참석은 무의미하다고 판단했던 것으로 보입니다.

[12] 白樂晴 · 崔元植 · 鵜飼哲 · 柄谷行人, 「韓国の批評空間」, 『批評空間』(Ⅱ-17), 1998, 19頁, 강조는 인용자. 이 대담은 1997년에 이루어졌지만, 잡지에 수록된 것은 이듬해다.

그렇다면 1992년에서 1997년 사이 도대체 무슨 일이 있었던 것일까요? 그의 표현을 빌리자면, 한국에서도 무라카미 하루키를 읽게 되었습니다. 여기서 하루키는 '근대문학의 종언'의 증거로서 언급되는데, 사실 가토 노리히로加藤典洋 역시 비슷한 주장을 하고 있기는 합니다. 물론 의미하는 바는 정반대이지만요. 예컨대 가토의 경우 하루키를 근대문학의 부정성을 넘어선 새로운 문학으로 긍정하지만[13], 가라타니의 경우 도리어 근대문학의 반복[14]으로 평가합니다.

그런데 한국에서 하루키를 읽게 되었다는 것은 일본에서의 그것과는 다른 약간 복잡한 의미를 가지고 있습니다. 이에 대해 조금 이야기해 보도록 하겠습니다. 하루키가 『노르웨이의 숲』이라는 소설로 한국에 처음 소개된 것은 1988년, 그러니까 서울에서 올림픽이 열린 해입니다. 이 시기 일본에서 하루키의 인기는 날아가는 비행기도 떨어뜨릴 정도였습니다.[15] 하지
...

[13] 가토 노리히로, 『무라카미 하루키는 어렵다』, 김난주 옮김, 책담, 2017 참조.

[14] 가라타니 고진, 『하루키의 풍경』, 조영일 옮김, 비고, 2022 참조.

[15] 사이토 미나코, 『문단 아이돌론』, 나일등 옮김, 한겨

만 한국에서는 이렇다 할 반응이 없었을 뿐만 아니라 그 흔한 서평 하나 받지 못했습니다.

그런데 이는 비단 하루키만 그랬던 것이 아닙니다. 1990년대 초반까지만 해도 일본문학은 한국에 존재하지 않는 것과 마찬가지였습니다. 당시 일본문학은 가벼운 대중소설이나 선정성이 강조된 에로문학 정도로만 인식되었기 때문입니다.[16] 따라서 제한적으로만 읽혔고, 설사 읽었다 해도 읽은 사실을 숨겼습니다. 이런 분위기는 1960년대 잠깐을 제외하고[17] 죽 이어졌는데, 하루키라고 해서 예외는 아니었습니다.

이듬해(1989년) 출판사 세 곳에서 경쟁하듯 『노르웨이의 숲』을 다시 출간하지만[18] 이에 주목한 사람

레출판, 2017 참조.

[16] 한국에 소개되어 나름 널리 읽힌 것은 방문판매로 보급된 야마오카 소하치의 역사소설, 야마사키 도요코의 대중소설, 그리고 유통경로가 명확하지 않은 도색소설들이었다. 소위 순문학으로는 『설국』, 『금각사』, 『인간실격』 정도가 읽혔다.

[17] 이 부분은 전후 한국문학을 이해하는 데에 있어 매우 중요한데, 이와 관련해서는 『세계문학의 구조』와 「재론」(본서에 수록)에서 다룬 바 있다.

[18] 한국의 출판계가 강제력이 있는 베른협약에 가입한

은 거의 없었습니다. 적어도 한국에서는 천하의 하루키도 눈앞에서 어른거리는 파리 한 마리 떨어뜨리지 못한 셈입니다. 일본출판계의 동향을 소개하는 신문 기사에 가끔 그의 이름이 보이긴 했지만 그렇고 그런 대중작가의 한 명으로 소개되었을 뿐입니다. 1990년 대에 들어서서도 이는 크게 달라지지 않았습니다. 대신에 일본문학의 무분별한 소개를 비판하는 목소리가 높았습니다.[19]

어느 영역에서든 결정적인 변화란 대개 새로운 세대의 등장과 함께 이루어집니다. 문학계의 경우 특히 그러한 경향이 강한데, 이것을 잘 보여주는 사건이 1992년에 일어납니다. 신세대문학으로 명명된 작품들의 등장이 바로 그것인데, 그동안 문단의 헤게모니를 쥐고 있었던 민중민족문학(프롤레타리아문학의 변형)과 결별을 고하고 집단보다는 개인을, 이념보다는 취향을, 가족보다는 나를 내세웠습니다.

소위 '후일담문학'으로도 불린 이 작품들은 지난

것은 1995년이다. 참고로 미국은 1988년, 러시아는 1994년에 가입한다.
[19] 「일본소설 무분별 국내소개 많다」, 〈경향신문〉, 1991년 8월 26일자.

시절의 학생운동이나 노동운동을 직간접적으로 비판하여 찬반양론을 불러일으켰습니다. 보수진영으로부터는 '참신하다'는 평을 받았지만, 진보진영으로부터는 이들이 보여주는 새로운 감수성이란 역사를 외면한 경박한 상업주의에 불과하다는 비판을 받았습니다. 그런데 이런 논란 가운데서 난데없이 무라카미 하루키라는 이름이 호출됩니다. 내용인즉슨 신세대 문학들이 하루키의 소설을 베꼈다는 것이었습니다.

1990년대 이후 한국문학은 크게 세 번의 표절논란을 경험합니다. 첫 번째가 방금 언급한 '하루키 표절논란'인데, 이것이 다른 두 가지와 결정적으로 달랐던 점은 작가 개인의 문제에 그치지 않고 한 세대의 감각과 연결되어 있었다는 데 있습니다. 비판하는 측은 그들이 하루키를 얼마나 베꼈는지 자세한 대차대조표를 작성했고, 비판받는 측은 포스트모던한 창작방법(혼성모방)을 내세우며 자신들의 작품을 적극 방어했습니다.

하지만 이 논란의 핵심은 다행히 표절 혐의로부터 비껴간 작가들의 작품에서조차 소위 하루키적 요소가 발견되었다는 사실에 있었습니다. 지한파 일본인 평론가인 요모타 이누히코는 이와 관련하여 1990년

대를 대표하는 작품 중 하나로 평가받는 소설에 대해
다음과 같이 말한 적이 있습니다.

한국에서는 1990년대에 '하루키 세대'라는 말
이 생겼습니다. 무라카미 하루키 이전의 한국문학
은 가족과의 관계없이는 생각할 수 없었습니다.
그런데 하루키 문학을 계기로 가족관계로부터 자
유로운 '나'가 문학의 주인공이 될 수 있다는 사실
을 안 후 한국에서도 그런 작품이 만들어지기 시
작했습니다. 이 세대 중 한 명인 윤대녕이라는 작
가는 「은어낚시통신」이라는 소설을 썼습니다. 주
인공인 '나'는 30대 독신 사진가로 서울의 아파
트에서 밤중에 혼자 위스키를 마시며 빌리 홀리
데이를 듣습니다. 그런데 수수께끼 같은 편지가
도착합니다. …… 읽었을 당시 이것은 모조작품
festische이 아닌가 하는 생각이 들었습니다.[20]

상황이 이러했기에 표절 혐의를 처음으로 제기한
평론가는 하루키의 영향을 돌림병에 비유하기도 했

[20]   柴田元幸・沼野充義・藤井省三・四方田犬彦編,
『世界は村上春樹をどう読むか』, 文藝春秋, 2006, 6頁.

습니다.

그의 문체는 그의 허무주의적 세계관 그리고 세계에 대한 그의 냉소적 태도에 기인하고 있기 때문이다. 따라서 예의 작가들에게 돌림병같이 감염되어 있는 증후군은 단지 분위기 혹은 문체상의 유사함으로만 해석될 수 있는 문제가 아니다. 근본적인 문제는 설혹 하루키의 문체나 분위기만을 차용해오려 했다 하더라도 현실적으로는 하루키적 세계관에 의해 그들이 알게 모르게 흡수되어 간다는 사실이다.[21]

그런데 하루키 세대라고 표현하든 하루키 증후군이라고 표현하든, 중요한 것은 1990년대 한국작가들이 단순히 문체나 분위기를 차용하려다 무의식적으로 하루기적 세계관에 감염되었다는 사실이 아니라, 1990년대라는 시대 자체가 하루키적 요소가 잘 수용될 수 있는 조건을 갖추고 있었다는 사실이 아닐까 합니다. 그런 것이 아니라면 그렇게 집단적으로 표절

[21] 이성욱, 「'참을 수 없는' 최근 소설의 '가벼움'」, 『비평의 길』, 문학동네, 146-147쪽, 강조는 인용자.

논란이 일지는 않았을 것입니다. 실제 1990년대 중반이 되면 1980년대는 까마득한 과거가 되고 아무도 그 시기의 문학(특히 민중문학, 노동문학, 학생운동 문학)을 읽지 않게 됩니다.

그런데 이런 논란은 당시 소수만 읽던 하루키 소설이 일반독자에게도 널리 알려지는 계기가 되었습니다. 이후 하루키의 작품들은 하루가 멀다 하고 번역됩니다. 여기서 우리가 놓치지 말아야 하는 점은 크게 두 가지입니다. 하나는 하루키는 오랫동안 대중작가로 인식되었기에 진지하게 취급된 적이 없었다는 점이고, 다른 하나는 그의 성공이 단지 한 일본작가의 성공에 그치지 않았다는 점입니다.

한국의 저명한 원로평론가는 학생들이 감명 깊게 읽은 작품으로 하루키 소설을 드는 것을 개탄하면서 "『노르웨이의 숲』은 고급문학의 죽음을 재촉하는 허드레 대중문학이다. (중략) 약삭빠른 글장수의 책이지 결코 예술가의 책은 아니라고 생각한다"[22]며 노골적으로 불편함을 드러냈습니다. 뿐만 아니라 젊은 문인들을 대상으로 한 설문조사에서도 하루키는 국

[22] 유종호, 「문화의 전락―무라카미 현상을 놓고」, 『현대문학』, 2006년 6월호, 202쪽, 강조는 인용자.

내외를 통틀어 가장 과대평가를 받은 작가로 뽑혔습니다.[23] 하지만 이런 반발은 역으로 그의 영향력을 반증하는 것이기도 했습니다. 그도 그럴 것이 하루키는 그때까지 과대평가를 받기는커녕 제대로 된 평가 자체를 받은 적이 한 번도 없었기 때문입니다.

그런데 하루키의 상업적 성공은 다른 한편으로 일본문학이 본격적으로 소개되는 기폭제 역할을 했습니다. 요시모토 바나나, 에쿠니 가오리, 야마다 에이미, 다카하시 겐이치로 같은 동시대 작가는 물론 나쓰메 소세키, 미야자와 겐지 같은 고전급 작가들까지 번역되기 시작합니다. 그러자 한국출판계에 암묵적으로 존재하던 일본문학에 대한 거부감이 사라지고, 독자들도 일본문학을 비로소 외국문학의 하나로 인식하게 되었습니다. 그리고 이런 흐름에 기름을 붓는 사건이 일어납니다. 1994년 노벨문학상 발표가 그것입니다. 한국인에게 오에 겐자부로의 수상이 충격이었던 것은 그것이 두 번째였기 때문입니다.

[23] 「신진문인 의식조사」, 〈교수신문〉, 2006년 9월 23일자.

환상과 이그조틱

1990년대는 가라타니 고진에게 정말 많은 일이 있었던 시기였습니다. 한편으로 '『비평공간』의 시대'이기도 했지만 다른 한편으로 '사상적 전회'의 시기이기도 했습니다. 어소시에이션 운동에 깊이 관여하게 되었고, 1999년에는 오랫동안 맡고 있었던 군조신인문학상, 노마문예신인상의 심사위원을 그만둡니다. 하지만 이 시기 그가 한국과 일본을 열심히 오간 사실을 기억하는 사람은 거의 없는 것 같습니다.

당시는 하루키를 위시한 일본문학이 한국에서 저변을 넓혀가던 시기이기도 했습니다. 「근대문학의 종언」(2003)에서는 이런 변화를 뒤늦게 깨달은 것처럼 말하고 있지만, 1997년에 이미 그와 같은 변화를 눈치 채고 있었습니다. 그런데 이상한 점은 그보다 훨씬 이전인 1993년에, 그러니까 『일본근대문학의 기원』이 아직 소개되기 전에 다음과 같은 이야기를 한 적이 있다는 사실입니다.

　　일반적으로 사람들은 '문학'에 무관심합니다. 그것은 작가의 재능이 부족하다거나, 작가가 정열을 잃었다거나 현실과 격투를 피하고 있기 때문이 아닙니다. 또 그것이 '문학의 죽음'을 의미하는 것도 아닙니다. 단지 '문학'은 그때까지 부여되어온 과잉된 의미를 잃은 것입니다.[24]

　　심지어 그는 '한국근대문학의 종언'에 대해서까지 이야기하고 있습니다. 그것도 여러 한국의 문학인들 앞에서 말입니다(제2차 한일문학심포지엄). 하지만 당시는 어느 누구도 이를 문제 삼지 않았습니다. 더구나 이때는 아직 하루키가 본격적으로 읽히기 전이었습니다. 그렇다면 도대체 어떤 근거로 그런 이야기를 했던 것일까요? 뜻밖에도 그것은 한국의 평론을 통해서입니다.

[24] 가라타니 고진, 「한국과 일본의 문학」(1993), 조영일 옮김, 『문자와 국가』, b, 2011, 197쪽, 강조는 인용자.

이것은 일본에서만 일어난 현상이 아닙니다. 1990년대에 쓰인 한국의 문예평론(안우식이 번역한)을 읽으면, 지금 서술한 사태가 이미 일어나고 있는 느낌이 듭니다. (중략) 즉 한국의 문학·비평도 어떤 의미에서 '근대문학'의 종언에 직면하고 있는 것처럼 생각됩니다. (「한국과 일본의 문학」, 197-198쪽, 강조는 인용자)

이는 우리로 하여금 그가 보여준 기억의 오류에 대해 다시 한번 생각하게 만듭니다. 우선 이런 이야기를 할 수 있을 것입니다. 가라타니가 한국문학과 열심히 교류한 것은 흔히 오해되는 것처럼 일본에서 종언을 고한 근대문학을 한국에서 찾기 위함이 아니었다는 사실입니다. 다시 말해 그는 한국문학에 대해 환상 같은 것을 가지고 있지 않았습니다. 대신에 그는 역사적 맥락에 주목했고, 한일 간에 존재하는 비슷해 보이지만 실은 매우 다른 차이에 매우 민감하게 반응했습니다. 그리고 그것을 통해 일본(문학)을 재발견하려고 했습니다. 이는 1970년대 말 일본에 소개되어 큰 주목을 받은 「장마」를 다룰 때도 명확히 드러나 있습니다.

　나카가미 겐지로부터 윤흥길의 「장마」에 대해 자주 들었는데, 최근 그것을 실제로 읽어보니 그가 무엇에 흥분했는지 겨우 납득할 수 있었다. 단 나는 한국에서 이 작품이 동시대 작품이나 과거의 다른 작품과 어떤 관계를 맺고 있는지는 알지 못한다. 어떤 나라의 문학자든 분명 공통의 소재나 주제, 또는 문제의식problématique 하에서 쓰고 있을 텐데, 하나의 작품이 걸출하다면, 그것은 분명 그와 같은 문제의식를 돌파하고 있기 때문일 것이다. 확실히 「장마」에는 그런 흔들림이 느껴진다. 하지만 나나 일본의 문학가는 그것이 한국에서 어떤 의미를 갖는지 미묘한 부분까지 알 수가 없다.

　그에 반해 재일조선인 문학은 대부분 이해가 가능하다. 예를 들어 이회성은 조선인으로서 생각하고 있을 테지만, 그의 『못다 꾼 꿈』의 발상은 일본 전후문학의 문제의식에 완전히 종속되어 있다. 소재 이외에는 신선한 게 아무것도 없다. 한편 「장마」는 신선하고 자극적인데, 그것이 이

작품집만의 고유한 것인지 그렇지 않으면 한국문학에 어느 정도 공통된 것이지는 잘 모르겠다.[25]

하지만 한국의 문인들은 가라타니가 어떤 환상을 가져주기를 원했고 그도 가끔은 그들이 원하는 이야기를 해주기는 했습니다. 즉 "일본문학은 죽었지만, 한국문학은 아직 살아있다"는 식으로 말입니다.

그렇다면 그는 어떤 계기로 한국(문학)에 관심을 가지게 된 것일까요? 아니 이 질문은 잘못된 것인지도 모릅니다. 중요한 것은 관심 자체가 아니라 그것이 지금까지도 꾸준히 이어지고 있다는 사실에 있기 때문입니다. 도대체 그는 왜 30여 년이나 한국에 대한 관심의 끈을 놓지 않은 것일까요?

이것을 이해하기 위해서는 그가 한국문학과 거리를 둔 이후에도 오랫동안 한국드라마의 애호가로 남아 있었다는 사실에 주목할 필요가 있습니다. 이것은 매우 이례적인 일로, 일반적으로 일본의 지식인이나 문학인은 TV드라마 같은 것을 진지하게 생각하지 않

[25] 柄谷行人, 「根底の不在—尹興吉『長雨』について」(1979. 11), 『批評とポスト-モダン』, 福武書店, 1985, 117-118頁.

습니다. 실제 가라타니도 일본드라마는 보지 않는다고 합니다. 하지만 한국드라마는 장르, 방영연도, 출연배우에 상관없이 십수 년 간 매일 밤 시청해 왔습니다.

그렇다면 왜 하필 한국드라마였을까요? 가라타니는 그 이유를 이그조틱exotic한 느낌 때문이라고 말합니다.

내가 좋아하는 것은 한국영화보다도 TV드라마입니다. 영화는 격식을 차린 부분이 있습니다. 그런 것은 싫습니다. TV드라마는 아마도 외국인을 의식하지 않고 만든 것이라고 생각합니다. 그것이 매우 이그조틱하게 보입니다. (중략) 나는 미국이나 서양의 것들로부터는 전혀 이그조틱 exotic한 느낌을 받지 못했습니다. 이란이나 인도에도 별다른 감흥이 없었습니다. 왜 한국에 대해 그렇게 느끼는지는 잘 모르겠습니다. 일본과 같지만 아주 작은 차이가 있습니다. 그 때문에 일본드라마였다면 볼 생각이 없는 드라마도 재미있게 보입니다. 그런 의미에서 '이그조틱'이라고 말

한 것입니다.[26]

2000년대 중반 한국드라마가 크게 유행하면서 일본에서 한류라는 말까지 생겨났습니다.[27] 그래서 한국드라마의 인기와 관련하여 여러 가지 해석들이 나왔지만, 정작 그것을 심각하게 생각하는 지식인은 거의 없었습니다. 그것은 아마 다음과 같은 이유 때문이 아닐까 합니다.

우리 만화의 측면에서 보면 한국드라마는 일본의 만화나 애니메이션의 연출스타일이나 문법을 약간 과잉되게 사용하고 있는 것으로 보입니다. 특히 '한류드라마'라고 불리는 몇 개의 작품과 영화를 보면, 자신의 표현이 번역됨으로써 의식하지 않았던 문체나 규칙성이 들추어 펼쳐진 것과 같은 기묘한 위화감이 있습니다. 동시에 그런 부분이 다른 나라에 의해 '보편성'이랄까, 국경을

[26] 柄谷行人・大塚英志,「努力目標としての近代を語る」,『新現実』(vol.5), 2008, 8-9頁, 강조는 인용자.
[27] 당시 한국에서는 이런 현상을 한편으로 의아하게 생각하면서도 한편으로 자랑스럽게 여겼다.

넘어서는 요소로서 들이밀어진 느낌이 듭니다.[28]

오쓰카 에이지가 보기에 한국의 대중문화는 어떤 의미에서 일본대중문화의 과잉된 표현이기에 기껏해야 일본문화의 날것(원형)을 보여주는 거울에 지나지 않습니다. 이것은 일본지식인들이 한국문화를 대하는 일반적인 입장이 아닐까 합니다. 따라서 한국(문화)에 대해 깊이 생각할 필요성 자체를 느끼지 않는 것인지도 모릅니다. 이는 소위 진보적인 지식인도 예외는 아닙니다. 그렇다면 한국에 대한 호의를 가진 지식인조차 그런 태도에서 벗어나지 못하는 이유는 무엇일까요? 이와 관련해서는 일찍이 다음과 같은 설명이 있었습니다.

피지배자는 지배자에 대해 세부까지 알지만, 지배자는 피지배자의 있는 그대로의 모습을 보지 못한다. 이는 계급과 민족을 불문하고 모든 인류 관계를 관통하는 법칙이며, 또한 편견과 차별의 발생원인이다. 따라서 우리 일본인은 한국인이

[28] 柄谷行人·大塚英志,「努力目標としての近代を語る」, 위의 책, 9頁.

일본을 보는 것과 달리 스스로 적극 노력하지 않고서는 한국인의 생활감정과 사상을 엿볼 수 없는 역사적 숙명을 짊어지고 있다. 유감스럽게도 그 숙명은 오늘날 여전히 충분히 자각되고 있지 않다. 이대로는 이웃나라와의 대등한 우호를 수립하기가 매우 어렵다.[29]

반세기 전에 나온 이 발언은 지금도 유효합니다. 일본인이 한국인의 생활감정과 사상을 알기 위해서는 엄청난 노력이 필요합니다. 그것은 지배국가의 국민이었던 사람들에게는 일종의 숙명입니다. 따라서 단순히 옳은 쪽에 서거나 듣기 좋은 이야기를 해주는 것만으로는 부족합니다. 이와 같은 숙명에 대한 자각이 없을 경우, 일본의 지식인이 한국에서 발견할 수 있는 것은 기껏해야 일본이 남긴 흔적뿐입니다.

물론 오쓰카의 이야기 자체는 틀린 말이 아닙니다. 근대화 과정에서 한국은 일본으로부터 많은 영향을 받았습니다. 대중문화는 물론 사회제도, 심지어 언어

[29] 竹内好, 「時勢の要求を満たすもの: 『現代韓国文学選集』について」(1973), 『竹内好全集』(第5巻), 1981, 243-244頁, 강조는 인용자.

146

(한국인이 사용하는 한자어의 상당수가 일본에서 온 것입니다)에 이르기까지 이루 헤아릴 수 없습니다. 따라서 얼핏 보면 매우 비슷해 보인다 할 수 있습니다. 하지만 서로 다른 역사적 맥락과 식민지배 과정에서 파생된 편견과 차별은 겉으로는 비슷해 보일지 몰라도 전혀 다른 내실을 만들어냈습니다.

가라타니는 소위 지한파에 속하는 인물 중 한 명으로 간주됩니다. 하지만 그는 여느 일본의 지식인과 같지 않았습니다. 겉으로 보이는 큰 차이나 공통점이 아니라 아주 작은 다름에서 두 국가의 근본적인 차이를 발견해 갔습니다. 그리고 그것을 자신의 사상에 적극 반영했습니다. 한국에 관심을 가진 일본지식인은 많았지만, 그것을 자신의 사상에 녹여낸 이는 그동안 없었다고 해도 과언이 아닙니다. 그런데 그는 달랐습니다. 후기 사상의 경우 한국을 빼놓고 말할 수 없을 정도입니다.

가라타니는 사유의 단초를 먼 유럽이나 미국, 그리고 인도나 이란 같은 곳이 아니라 매우 가까운, 하지만 껄끄러운 관계인 이웃나라에서 발견했습니다. 이는 그가 말하는 이그조틱이라는 말이 우리가 아는 의미와 정반대라는 것을 뜻합니다. 그것은 낯선 장소에 대한 막연하고 아련한 감성이나 공감 같은 것이 아니라 현실과 역사에 근거한 매우 구체적인 감각이라 할 수 있습니다. 따라서 그의 귀에는 '먼 북소리'(무라카미 하루키) 같은 것이 들리지 않는다 하겠습니다.

역사적 숙명과 일본문학의 기원

그런데 이런 감각은 가라타니만 가지고 있었던 게 아닙니다. 1946년생인 나카가미 겐지는 모두가 미국이나 유럽으로 건너갈 때 홀로 한국행 비행기에 올랐습니다. 그가 한국에 관심을 가지게 된 계기는「장마」라는 소설이었습니다.

다케우치 요시미는 일본인이 역사적 숙명을 짊어지기를 권했고, 그것을 위해 무엇보다 한국어 공부를 추천했습니다. 하지만 정작 자신은 그렇게 하지 못했습니다.[30] 그리고 그의 아시아론에서 중심은 어디까지나 중국이었고 한국(조선)은 부수적인 존재에 지나지 않았습니다.

이런 맥락에서 나카가미는 그것을 몸소 실천한 최초의 인물이라고 해도 과언이 아닙니다. 그가 처음 한국을 찾은 것은 1978년으로,『곶』(1976)과『고목

[30] 그가 한국 땅을 밟은 것은 대학시절인 1931년으로, 중국여행을 가기 위해 일주일 정도 머문 것이 전부다.

탄』(1977)의 성공으로 문단의 총아로 간주되던 시기였습니다. 그의 한국에 대한 관심은 파격 그 자체로, 누가 부탁한 것도 아닌데 한국문학 소개에 적극 나섰습니다. 그런데 이 때문에 한일 양쪽으로부터 오해를 받기도 했습니다.

당시 일본의 지식인들은 대체로 북한에 우호적인 입장을 취하고 있었는데, 그들의 입장에서 볼 때 나카가미의 행동(군사독재 하에 있던 한국을 자주 방문하는 것)은 의심스러웠을 것입니다. 한국의 작가들도 다른 일본인에게서 발견할 수 없는 적극적 관심에 의구심을 가졌습니다. 그래서 중앙정보부가 심어놓은 일본인 프락치로 보기도 하고, 노련한 신제국주의의 문화적 첨병으로 간주하기도 했습니다.

하지만 나카가미는 그런 따가운 눈길에 아랑곳하지 않고 여러 사람들을 만나고 한국 이곳저곳을 돌아다녔습니다. 참고로 그는 판소리와 가면극에 특별히 관심이 많았다고 합니다. 그리고 반년 정도 서울의 한 아파트에 머물면서 『고목탄』의 속편인 『땅의 끝과 지상의 시간』을 집필했을 뿐만 아니라[31], 아예

[31] 이 소설의 일부는 한국의 한 문예지에 동시연재가 되었다.

한국 배경에 한국인 주인공이 등장하는『서울 이야기物語ソウル』(1984년)를 출간하기도 했습니다. 그는 이 해에만 네 번이나 일본과 한국을 오갔습니다.

그리고 그것을 개인의 경험에 아닌 공통의 경험으로 만들려고 했습니다. 한일문학심포지엄이 바로 그런 노력의 결과물이었는데, 아쉽게도 심포지엄이 개최되기 직전에 지병으로 급서합니다. 따라서 이 기획은 시작되지도 못하고 좌초될 위기에 처합니다. 하지만 다행히 친우였던 가라타니가 유지를 받들기로 함으로써 이후 무려 11년에 걸친 한일 간의 문학교류가 시작됩니다.

당시는 일본과 제대로 된 교류가 이루어지지 않던 시기여서 일본적인 것은 '왜색'이라 하여 경멸되었고, 대중문화는 아예 수입 자체가 금지되어 있었습니다. 즉 1998년 이전까지는 한국에서 일본의 영화, 만화, 애니메이션, 가요를 합법적으로 보거나 들을 수 없었습니다.[32] 한국이 일본문화에 이토록 배타적이었던 것은 일차적으로는 과거사로 인한 반일감정 때문이기도 하지만, 그보다는 일본문화가 개방될 경우 그동

[32] 참고로 월북문인이 해금된 것은 1988년이다.

151

안 암묵적으로 이를 참조해 발전해온 한국의 대중문화가 초토화될지도 모른다는 두려움 때문이기도 했습니다. 그런데 막상 개방이 되자 흥미로운 일이 일어났습니다. 원래부터 허용되고 있던 문학 분야를 제외하면 우려했던 일은 일어나지 않았고 얼마 있지 않아 역으로 일본에서 한류가 생겨났습니다. 두 나라의 대중문화는 언뜻 보면 비슷해 보일지 모르지만 전혀 다른 무언가가 있었던 것입니다.

다른 한편으로 한국에는 일본문학을 서구문학의 아류 정도로 무시하는 분위기도 있었습니다. 이는 서구에 대한 모방욕망이 일본에 대한 생리적 거부감으로 표출된 것이 아닐까 합니다. 이런 복잡한 양가감정은 제1차 한일문학심포지엄(1992)부터 신경전의 형태로 표출되었습니다. 당시 한국 측 참가자들이 소위 문학주의 진영(문지)의 작가들이었음에도 불구하고 뜻밖에도 공격적인 태도를 취했습니다.

한국에서 일본의 지식인을 초청할 때는 나름 기대하는 바가 있습니다. 그것은 바로 침략에 대한 사과와 자기비판입니다. 한국에서 소위 일본의 양심적인 지식인이라고 불리는 사람들은 대부분 그런 암묵적 요구를 받아들였습니다. 그래야만 환영을 받을 수 있었습니다. 하지만 나카가미와 가라타니는 그렇게 하지 않았습니다. 특히 가라타니는 자신이 그렇게 소비되는 것에 강하게 저항했습니다. 따라서 예의없는 일본인처럼 보였을지도 모릅니다.

그런데 역설적이게도 그런 태도가 한국 지식인들의 관심을 끌었던 것 같습니다. 상대방이 원하는 답변을 하지 않은 것이 도리어 대화의 단초가 되었던 것입니다. 많은 일본의 지식인이 한국에 소개되었지만, 지금까지도 꾸준히 읽히는 저자로 사실상 그가 유일한 이유도 여기에 있을 것입니다.[33] 이후 가라타니는 문지파와 정반대 쪽에 있는 창비파(소위 참여문학 계열)의 초청을 받았고, 이것이 계기가 되어 그가 편집하던 『비평공간』에서 '한국비평' 특집을 꾸리게 됩니다.

뿐만 아니라 그는 제3의 진영에 해당하는 김우창(『세계의문학』의 공동편집인), 한국을 대표하는 생태운동 잡지 『녹색평론』의 발행인 김종철과도 만납니다. 결론적으로 그는 당시 한국문학을 이끌던 주요

[33] 「근대문학의 종언」 이후 그는 한국에서 문학비평가라기보다는 사회운동가 내지 사상가로서 받아들여지고 있으며, 그로 인해 당연히 독자층도 크게 바뀌었다.

그룹과 모두 만난 셈인데, 한국문학계에 이렇게까지 깊숙이 들어온 외국인은 이제까지 없었고 앞으로도 없을 것입니다. 그렇다면 이런 만남들을 통해 그가 얻은 것은 과연 무엇이었을까요? 그것은 『일본근대문학의 기원』한국어판 서문에 있는 다음 문장으로 요약할 수 있습니다.

> '일본근대문학의 기원'은 바로 '근대한일관계
> 의 기원'이기도 하다.[34]

이는 실로 놀라온 지적이라 할 수 있는데, 왜냐하면 그는 일본근대문학의 기원을 서구가 아닌 식민지 조선에서 발견하고 있기 때문입니다. 이는 그의 한국 문학에 대한 관심이 요즘 유행하는 비교문학이나 세계문학론과 전혀 무관하다는 것을 의미합니다. 그렇다면 그는 왜 그토록 한국문학과의 교류에 힘을 쓴 것일까요? 그리고 '근대문학의 종언'의 증거로 굳이 한국문학을 지목한 것일까요?

얼마 전까지만 해도 저는 이런 그의 활동을 지칭할

[34] 가라타니 고진, 〈한국어판 서문〉, 『일본근대문학의 기원』, 박유하 옮김, b, 2010, 8쪽.

적당한 표현을 찾지 못했습니다. 하지만 최근 출간된 『세계사의 실험』(비고)을 읽고 다음과 같은 생각을 하게 되었습니다. 그것은 혹시 일본(문학)과 한국(문학)을 대상으로 행해진 실험이지 않았을까? 그가 반복하는 착각이란 혹시 그것의 증거가 아닐까? 하고 말입니다. 다시 말해 그는 이미 문학이 끝났다는 가설을 실험하기 위해 한국과 일본을 오갔는지도 모릅니다.

이 책에는 '실험의 문학비평'[35]이라는 표현이 등장합니다. 그러고 보면 애초에 비평이라는 것 자체가 실험인지도 모릅니다. 즉 트랜스크리틱이나 이동으로서의 비평이라는 말은 비평의 이런 특징을 가리키는 표현들로 볼 수 있습니다. 최근 비평이 비루해지는 것은 상업적 카피쓰기(해설, 추천사)나 논문쓰기의 영향으로 의미부여나 자료정리로 그 역할이 축소된 것과 관련이 있지 않나 합니다.

만약 우리가 "비평은 실험이다"라는 주장에 동의

[35] 이 표현은 야나기타 구니오의 '실험의 사학'을 차용한 것으로, 여기서 실험이란 "일부분이 매우 다른 복수의 시스템을 비교함으로써 그 차이가 만들어내는 영향관계를 분석하는 것"을 말한다.

할 수 있다면, "가라타니 고진은 문학에 실망해 근대 문학의 종언을 외치며 문학을 떠났고, 그 후 사상가가 되었다"는 항간에 퍼진 통념은 재고되어야 합니다. 제가 생각하기에 그는 단 한 번도 문학을 떠난 적이 없습니다. 그는 예전에도 비평가였고 지금도 비평가이고 앞으로도 비평가일 것입니다. 이는 그가 애당초 문학비평을 선택한 이유를 보면 알 수 있습니다.

문학비평은 문학작품을 논하는 것이지만, 내가 문학비평을 하려고 마음먹은 것은 단지 그 때문이 아닙니다. 문학비평에서는 문학이 아닌 대상도 논할 수 있습니다. 예를 들어 철학이나 종교학, 경제학, 역사학 같은 것도 문학비평의 대상이 됩니다. 문학비평은 무엇을 다루어도 상관이 없습니다. 그것이 글로 쓰인 텍스트라면 말입니다. 철학이나 경제학, 역사학 등을 전공으로 삼으면, 그것 이외의 것이 불가능하게 됩니다. 하지만 문학비평은 그것이 가능합니다. 나는 욕심이 많기 때문에 문학비평을 선택한 것입니다.[36]

[36] 가라타니 고진, 「이동과 비평」, 조영일 옮김, 『자음과 모음』, 2015년 가을호, 204쪽, 강조는 인용자.

　물론 여기서 문학비평이란 오늘날 문예지 등에서 접하는 그것들과는 다소 거리가 있습니다. 하지만 가라타니가 말하는 문학비평은 근대문학 이전, 그러니까 우리가 아는 학문의 생산유통소비시스템이 확립되기 전에는 오히려 흔했던 것입니다. 즉 루소도 디드로도 볼테르도 칸트도 마르크스도 어떤 의미에서 문학비평가였다고 말할 수 있습니다. 그들에게 전공은 의미없는 것이었습니다. 따라서 가라타니가 이야기하는 '르네상스적인 것'이란 오늘날 우리가 곳곳에서 마주하는 금욕(장르나 학제에 근거한 배타적 태도)에 대한 거부를 뜻한다 할 수 있습니다.

　가라타니는 다양한 장르의 글을 쓴 소세키처럼 문학의 쇠퇴를 뭔가 대단한 사태라기보다는 자연스러운 과정으로 이해합니다. 즉 안타까운 감정 같은 것이 전혀 없으며, 도리어 근대문학이 한때 중요하게 취급되었다는 사실 쪽에 흥미를 가졌습니다. 그렇다면 우리는 「근대문학의 종언」을 문학에 실망한 한 비평가의 비장한 선언이나 낙담으로 읽기보다는 오히려 근대문학에 대한 한편의 실험보고서로 읽어야 합니다.

최근 일본에서 한국문학에 대한 관심이 높은 것으로 알고 있습니다. 언제라도 최악으로 치달을 것 같은 양국의 관계 속에서 문학가들이 할 일이 분명 있을 것입니다. 다만 그것을 자국문학의 선전이나 상품 교환의 기회로 삼아서는 곤란합니다. 한국소설이 일본에서 베스트셀러가 된다고 해서, 하루키의 장편소설이 1억 엔 이상의 선인세로 한국에 팔렸다고 해서 교류가 이루어졌다고 말할 수는 없습니다.

　한국과 일본은 서로를 잘 알고 있는 것 같지만 실은 전혀 그렇지 못합니다. 그래서 무언가를 하려고 하면 자칫 양쪽 모두로부터 오해를 받기 쉽습니다. 이를테면 '친일파'니 '국제파'니 하는 레테르가 붙게 됩니다. 하지만 실험 없이 이루어지는 것은 없습니다. 따라서 진정으로 한국문학과 일본문학의 교류를 원하는 사람이 있다면, 나카가미 겐지와 가라타니 고진이 남긴 유산에서부터 시작할 필요가 있습니다. 그리고 그랬을 때 노벨문학상을 한강이 받든 무라카미 하루키가 받든 기쁜 마음으로 서로를 축하해 줄 수 있을 것입니다. 물론 이보다 중요한 것은 노벨문학상으로 대표되는 세계문학으로부터 벗어나 실험문학에 참여하는 것이겠지요. 감사합니다.

재론

강연문에 대하여

「이동과 비평—트랜스크리틱」[1]은 가라타니 고진
이 올해(2015년) 1월 9일 기노쿠니야紀伊國屋 홀에
서 행한 강연입니다. 저는 5년 전 같은 곳에서 열린
강연회[2]에 참석한 적이 있는데, 당시 강연자는 사토
마사루佐藤優라는 외교관 출신 저술가였고 가라타니
고진은 토론자로 참석했습니다. 이날 강연회는 사토
마사루의 신간 출간을 기념해 이루어진 행사로, 한국
에서 흔히 보는 멀티플렉스 극장보다는 컸던 것으로
기억합니다. 홍보 포스터에는 '사토 마사루 + 가라타
니 고진' 이런 식으로 되어 있었습니다. 토론자의 동
•••

[1] 가라타니 고진, 「이동과 비평—트랜스크리틱」, 조영일
옮김, 『자음과 모음』, 2015년 가을호.

[2] 〈危機の時代のキリスト教〉, 2010年 10月 6日.

행자로 엉겁결에 참석한 제가 가장 인상 깊었던 것은 크게 두 가지입니다. 첫째는 유료강연(천 엔 정도)이었다는 것이고, 둘째는 그럼에도 불구하고 강연장이 만석이었다는 점입니다. 『현대사상』에서 '가라타니 고진의 사상'라는 특집호[3]를 낸 것을 계기로 열린 이번 강연회도 아마 비슷했을 것으로 짐작됩니다.

일반적으로 저작은 글로 쓰인 것과 말해진 것으로 구분됩니다. 물론 엄밀한 의미에서 이런 구분은 중요하지 않을지 모릅니다. 왜냐하면 말해진 것이라고 하더라도 준비된 텍스트가 존재하기 때문입니다. 그럼에도 보통의 텍스트와 강연문은 차이가 날 수밖에 없는데, 그것은 글이 먼저냐 말이 먼저냐의 문제가 아니라 누구를 향해 이야기되느냐의 문제이기 때문입니다. 즉 똑같이 쓰인 것이라고 해도 서로 다른 시공간에서 읽을 독자를 가정하고 쓰는 것과 동일한 시간과 장소에 있는 눈앞의 청중을 상정하고 쓰는 것 사이에는 차이가 있을 수밖에 없습니다.

가라타니의 경우 그로 인한 차이가 비교적 크다고 할 수 있는데, 그 때문인지 그의 강연집은 일반적인

[3] 〈総特集＝柄谷行人の思想〉, 『現代思想』, 1月 臨時増刊号, 2015.

저작을 읽을 때와는 다른 맛이 있으며, 이는 이미 많은 사람이 공감하는 부분이기도 합니다. 하지만 이제까지 이 맛에 대해 진지하게 논의된 적은 없었던 것 같습니다. 그저 입말이 글말보다 쉽다, 그러므로 입문서로 추천할 만하다 정도였습니다.

주지하다시피 한국에서 가장 많이 회자된 가라타니의 글은 「근대문학의 종언」(원래는 강연문)인데, 여기서 우리는 다음과 같은 질문을 던져볼 수 있겠습니다. 만약 같은 내용을 강연이 아닌 잡지 발표용으로 썼다면 어떠했을까? 그때도 지금과 같은 영향력을 가진 글이 될 수 있었을까? 저는 그렇게 생각하지 않습니다. 아니 애당초 강연이 아니었다면 이런 텍스트 자체가 성립하지 않았을지도 모릅니다.

사실 그는 이미 오래전에 비슷한 이야기를 한 적이 있습니다. 다시 말해 문학이 끝났다는 주장 자체만 놓고 보면 특별히 새로운 이야기는 아니었습니다. 따라서 「근대문학의 종언」이 가진 영향력의 비밀을 본래 강연문이었다는 점에서 찾는다면, 자연스럽게 다음과 같은 질문이 가능할 것입니다. "왜 강연문인가?", "강연문이란 도대체 무엇인가?"

일반적인 텍스트는 앞(다음)으로 나아가기를 힘

씁니다. 즉 이전까지 해온 작업의 연장선상에서 다음 이야기를 이어가는 것이지요. 이에 반해 강연문은 앞으로 나아가기를 잠시 멈추고 뒤(과거)를 되돌아보는 경우가 대부분입니다. 즉 무언가를 진척시키기보다 지금까지 해온 일을 음미하는 것에 적합한 형태라 할 수 있습니다. 강연문이 일반 텍스트 못지않은 중요성을 갖는 것은 이런 자기반성적 특징 때문이 아닐까 합니다.

한국문학의 저항

이런 관점에서 보면, 그의 대표적인 문학서인 『일본근대문학의 기원』과 「근대문학의 종언」의 관계를 명확히 파악할 수 있습니다. 즉 『일본근대문학의 기원』이 근대문학의 본질에 대한 탐구라면, 「근대문학의 종언」은 그런 탐구에 대한 반성이자 재론의 성격을 띠고 있습니다. 그렇다면 「이동과 비평」의 경우는 어떠할까요? 그것은 『일본근대문학의 기원』에 대한 또 한 번의 재론이자 「근대문학의 종언」에 대한 확인이라 할 수 있습니다. 따라서 『일본근대문학의 기원』과 「근대문학의 종언」이 한국문학계에 끼친 영향을 고려하면, 한국에서 「이동과 비평」을 논한다는 것은 '가라타니 고진과 한국문학'을 재론한다는 의미이기도 합니다.

가라타니는 그동안 자신은 과거의 작업을 되돌아

보지 않는다고 공공연히 이야기해 왔습니다. 옛날 것을 되돌아볼 시간에 차라리 새로운 것을 하는 게 낫다는 이유에서입니다. 하지만 실은 지난 작업에 집착하거나 얽매이면 새로운 작업이 불가능했기 때문이라 말할 수 있습니다.

내가 과거의 작업을 되돌아보지 않은 것은 특별히 대단한 이유가 있어서가 아니며, 그저 그런 일이 싫었기 때문입니다. 더구나 이전 작업이 싫어지지 않으면 새로운 작업은 불가능합니다. 실제로는 이전과 그렇게 다른 것이 아니라고 해도 그렇게 생각하지 않으면 안 됩니다.(「이동과 비평」, 194쪽, 강조는 인용자)

「이동과 비평」은 이런 그의 태도에 대한 오니시 교진大西巨人의 칭찬으로 시작되는데, 아이러니컬하게도 오니시는 지독할 정도로 자신의 글에 집착하는 사람이었습니다. 가라타니는 문학에 대한 신앙(이를테면 문학주의)이란 이런 집착과 관련이 있으며, 적어도 1990년까지는 문학을 하는 사람이라면 모두가 믿었던 진리였다고 말합니다.

그런 의미에서 문학에 대한 그들의 태도는 종
교적인 신앙과 닮아 있습니다. 나는 특별히 그
것이 좋다고 생각하는 것은 아닙니다만, 어쨌
든 1990년까지는 그와 같은 신앙이 있었습니다.
(……) 문학에 종사하는 사람은 모두 그렇게 믿
고 있습니다. 통속소설을 쓰는 작가조차 '순문학'
을 믿고 있습니다. 하지만 그와 같은 신앙이 지금
은 없습니다. 자본주의 시장경제의 원리가 대신
한 것입니다. 나는 그 가운데에서 문학비평을 계
속하고 싶은 마음이 없었습니다.(「이동과 비평」,
203쪽, 강조는 인용자)

이것이 그가 '근대문학의 종언'을 이야기하고 문예
비평을 그만둔 배경입니다. 흥미로운 점은 한국에서
는 엄청난 반향을 일으킨 '근대문학의 종언'이 정작
일본에서는 크게 문제가 되지 않았다는 사실입니다.
왜냐하면 그것은 단적인 사실이었기 때문입니다.
  하지만 한국은 달랐습니다. 정도의 차이는 있었지
만 모두가 일치단결하여 '근대문학의 종언'을 부정했
습니다. 이는 가라타니의 주장에 공감하는 논자들도

167

예외가 아니었습니다. 가라타니의 이야기를 있는 그 대로 받아들이기보다는 이를 반성의 기회로 삼아 한 국문학을 갱신하자는 쪽에 가까웠습니다. 이런 입장 을 취할 수 있었던 데는 크게 두 가지 이유가 있었습 니다. 첫째는 순문학이 이전만큼은 아니지만 전혀 팔 리지 않는 것은 아니었고, 둘째는 인간이 존재하는 한 문학은 영원할 수밖에 없다고 믿었기 때문입니다.

먼저 전자와 관련하여 말하자면, 확실히 일부 작가 의 경우 팔리긴 했습니다. 하지만 그것은 어디까지나 문학계와 출판계의 선택과 집중 덕이지 그들이 특별 히 훌륭한 작품을 생산했기 때문은 아니었습니다. 이 런 스타작가 만들기(인기 몰아주기)의 폐해는 최근의 사태가 잘 보여주고 있습니다.

후자와 관련하여 이야기하자면, 역설적이게도 그 것은 문학에 대한 신앙과는 거리가 있습니다. 실은 문학인들도 잘 알고 있었습니다. 시대가 바뀌었다는 사실을 말입니다. 그럼에도 불구하고 눈앞의 현실로 존재하는 문학장의 구조(출판계+언론계+교육계)와 정부나 지자체의 지원은 한국문학을 긍정하게 만드 는 충분한 알리바이가 되었습니다. 문학으로 생계를 꾸리는 사람들에게 중요한 것은 어쩌면 문학이 아닐지도 모릅니다.

한 문학인이 '근대문학의 종언'을 비판하며 다음과 같이 말한 것도 그런 맥락일 것입니다. "올림픽을 나가기 위해 그동안 열심히 훈련을 해왔는데, 종목 자체가 없어진다니 그게 말이 되는 소리냐?"

오늘날 문학인들에게 중요한 것은 "문학이 영원한가?", "문학의 시대는 정말 끝났는가?", "과연 새로운 문학이 도래하긴 하는 것인가?"와 같은 물음이 아닙니다. 그저 지금의 현실을 긍정하는 것입니다. 따라서 신경숙 사태 때 주류 문학계가 보여준 거대한 침묵을 작가적 윤리라는 관점에서 접근하는 것은 무의미합니다. 왜냐하면 그것은 경제적 문제이기 때문입니다. 직업으로서의 문학에서 중요한 것은 문학이 아니라 직업이며, 이때의 윤리란 정작 문학과는 아무런 상관이 없습니다.

따라서 '근대문학의 종언'을 둘러싸고 벌어진 일련의 논란은 논쟁이라기보다는 저항이라고 이해하는 편이 보다 정확할 것입니다. 앞으로 우리는 이런 모습을 자주 마주하게 될 텐데, 이런 저항의식을 문학의 본질로 이해하는 사람도 분명 등장할 것입니다.

『일본근대문학의 기원』 재독

흔히 무언가의 기원은 그것이 끝날 때 비로소 명확해진다고 합니다. 그런데 이는 저작도 예외는 아닙니다. 모든 일은 어떤 이유에서 시작되지만, 그것의 원인은 모든 것이 끝난 뒤, 또는 그러고도 한참 뒤 어떤 계기에 의해 비로소 모습을 드러냅니다.

가라타니가 『일본근대문학의 기원』을 쓰던 시기는 1970년대 중반으로 아직 무라카미 하루키(1979년 데뷔)가 등장하기 이전입니다. 당시 문학계는 여전히 호황이었지만 여러 측면에서 위기의 징후가 엿보이던 시기이기도 했습니다. 하지만 이때만 해도 아직 문학에 대한 믿음이 굳건했습니다. 그런데 가라타니는 문학의 부흥이나 위상의 강화를 외치기보다 지금의 문학이 언제 그리고 어떻게 형성되었는지에 대한 탐구로 나아갔습니다. 그리고 그것이 청일전쟁 전후에 형성된 것을 확인하고 풍경, 내면, 고백, 병, 아동 등 근대문학을 뒷받침하는 뼈대(제도적 장치)를 논하게 됩니다.

하지만 가라타니 스스로도 고백하고 있는 것처럼 그 제도가 어디서 왔는지까지는 온전히 시야에 넣지 못했습니다. 또 그것이 무엇을 의미하는지도 잘 알지 못했습니다. 그의 아이디어는 '자유민권운동의 실패로 형성된 내면'에 있었는데, 더 들어가면 이 내면은 자유민권운동의 실패로부터 형성된 것이라기보다는 그런 실패를 초래한 무언가에 의해 형성된 것이라고 말할 수 있습니다.

그가 이 점을 깨달은 것은 영문판 서문을 쓸 때였습니다. 뒤를 돌아보기 싫어하는 그였지만, 서문을 쓰기 위해 어쩔 수 없이 오래 전에 자신의 손을 떠난 저작을 다시 읽습니다. 그리고 뜻밖에 이 저작이 가진 의미를 발견하게 됩니다. 영어판 서문에는 이때의 경험이 다음과 같이 서술되어 있습니다.

이 책이 일본에서 출판된 지 십 년 후에 영어로 번역되었을 때였다. 그 영역본의 초고를 읽었을 때 나는 처음으로 내 책이 아니라 타인의 책을 읽는 듯한 느낌이 들었다. 그때 나는 이 책에 쓰여 있는 것(언문일치, 풍경의 발견 등)이 근본적으로는 네이션-스테이트 장치였다는 사실을 발견했다. 또 나쓰메 소세키가 영문학에 대해 느끼고 있었던 위화감이 19세기 이후의 문학, 특히 리얼리즘 소설의 우위성에 대한 위화감이었다는 사실을 발견했다.[4]

가라타니는 영문판 서문을 쓰면서 자신의 작업이 실은 문학연구라기보다는 국민국가에 대한 연구였다는 사실과 소세키의 특이성이 19세기 문학(주류로서의 근대문학)에 대한 위화감이었다는 사실을 발견합니다. 지금의 관점에서 보면 너무 당연한 이야기이기 때문에 의아하게 생각될 수 있지만, 처음부터 이런 의식을 가지고 쓴 것이 아니라는 점에 주목할 필요가 있습니다.

『일본근대문학의 기원』은 한국의 문학연구자들이 가장 많이 참조하는 책 중 하나입니다. 하지만 정작 일본에서는 인용이 기피되는 책이기도 합니다. 널

[4] 가라타니 고진, 『일본근대문학의 기원』, 박유하 옮김, b, 2010, 7쪽, 강조는 인용자.

리 읽힘에도 불구하고 학술논문이나 비평에서 거의 언급되지 않습니다. 그 이유로는 여러 가지를 지적할 수 있겠지만, 학계의 경우 이 책의 논리전개가 너무 비평적이어서(즉 학문적 엄밀성이 떨어져서) 근거로 삼기에 부적절하다고 생각하는지도 모르고, 비평계의 경우 이 책의 주장이 이제는 상식에 가까워서 굳이 인용할 필요가 없다고 생각하는지도 모릅니다.

하지만 이런 것들은 모두 표면적인 이유로, 『일본근대문학의 기원』이 일본의 연구자나 평론가에 의해 백안시되는 가장 큰 이유는 무엇보다도 일본문학에 대한 철저한 비판 때문이 아닌가 합니다. 왜냐하면 이 책은 일본근대문학의 기원이 고상한 예술혼이나 문학정신이 아니라 제국주의적 침략과 식민지 지배에 있다고 주장하고 있기 때문입니다.

혹자는 『일본근대문학의 기원』이 베네딕트 앤더슨이나 필립 아리에스의 작업을 문학에 적용한 것에 불과하다며 평가절하하기도 합니다.[5] 지금의 관점에서 보면 확실히 그런 의심을 가져볼 만합니다. 하지만

[5] 베네딕트 앤더슨의 경우 『상상의 공동체』가 자주 이야기되는데, 이 책은 『일본근대문학의 기원』보다 3년 늦게 출간된 책이다.

이 책은 명백히 다른 맥락, 즉 야나기타 구니오 연구의 연장선상에서 이루어진 것입니다. 만약 항간의 오해가 사실이라면, 이 책이 일본를 대표하는 문학연구서로서 세계적으로 널리 읽히는 현실을 그저 우연이나 요행으로 치부할 수밖에 없습니다.

영어판 출간으로부터 다시 몇 년 후 이 책은 한국어로도 번역될 기회를 얻습니다. 그래서 가라타니는 다시 한번 『일본근대문학의 기원』을 읽게 됩니다. 한국어판 서문을 쓰기 위해서입니다. 그리고 이전에는 보지 못했던 사실을 깨닫게 됩니다. 일본근대문학이 한국과 밀접한 관련이 있다는 사실을 말입니다.

그가 『일본근대문학의 기원』을 쓰게 된 동기는 한국어판 서문에서 밝히고 있듯이 정치운동이 소멸한 후 문학이나 내면으로 후퇴하여 공동환상으로부터의 자립(요시모토 다카아키)을 외치는 1970년대 사회적 분위기에 대한 위화감 때문이었습니다.

가라타니에게는 그런 모습이 현실의 정치체제를 긍정하는 진보적 포즈를 취한 보수주의로 보였습니다. 문제는 이것이 새로운 현상이 아니라는 점이었습니다. 그것은 이전에 있었던 것의 반복이었습니다. 그가 애써 메이지문학까지 거슬러 올라가 확인한 것도 그것이었습니다. 즉 『일본근대문학의 기원』은 기본적으로 당대의 지적 상황을 비판하기 위해 쓴 책이었습니다.

이처럼 그는 자신의 지난 책을 반복해 읽으면서 미처 의식하지 못했던 것들을 깨닫게 됩니다. 전후일본과 일본근대(문학)의 기원은 정치로부터의 후퇴나 내면화에 있었던 것이 아니라 일본의 제국주의적 침략과 식민주의, 구체적으로 말해 근대한일관계에 있다는 사실을 말입니다. 이는 일본근대문학의 기원이 한국근대문학의 기원일 수밖에 없는 이유이기도 합니다.

사명과 운명

『일본근대문학의 기원』이 한국의 근대문학 연구자들에게 광범위하게 받아들여진 것은 한국근대문학의 기원을 설명할 때 매우 유용한 책이었기 때문입니다. 하지만 널리 활용되었다고 해서 제대로 이해되었다고 말할 수는 없습니다. 오히려 편의적으로 절취되었다고 해도 과언이 아닙니다. 일본의 근대문학에는 풍경, 고백, 내면이라는 장치가 이러이러하게 작동하고 있는데, 한국문학에도 이와 유사한 측면이 있다고 주장하거나, 이런 논의의 연장선상에서 일종의 풍속사 연구로 변질되어 갔습니다. 실제로 연애, 기생, 백화점, 전화, 모던걸 등 흥미로운 소재에 주목하여 식민지 시대의 생활상을 재구성하려는 연구들이 성황을 이루었습니다. 심지어 이런 연구에 기반하여 역으로 소설이 쓰이기도 했습니다.

한 젊은 평론가(이명원)가 한국근대문학 연구의 대가인 김윤식을 비판하면서 한 지적도 이와 관련이 있습니다. 『일본근대문학의 기원』이 쓰인 배경(1970년대 일본의 지적 상황에 대한 저항)을 보지 못하고 특정 분석방법만을 기계적으로 활용했다는 비판이었습니다. 매우 날카로운 지적이 아닐 수 없습니다.

하지만 다른 관점에서 보면 김윤식은 저자의 본래 의도는 놓쳤을지 모르지만, 놀랍게도 텍스트의 무의식에서 이루어진 작업은 정확히 파악하고 있었습니다. 즉 그는 풍경, 내면, 고백 등이 무엇보다도 근대국가 시스템에 기반을 둔 제도적 장치라는 사실을 정확히 이해했습니다. 다만 이를 통해 근대성의 본질을 확인하는 것에 만족합니다. 다시 말해 그 이상 나아가기를 주저합니다. 왜 그랬을까요?

그것은 일본의 예를 한국에 적용할 경우 커다란 딜레마에 빠질 수밖에 없었기 때문입니다. 그래서 그는 핵심의 언저리에 머물면서 한국문학을 실체화하는 일에만 일생을 바칩니다. 하지만 퇴임 후 의무으로부터 해방되자 홀가분한 마음으로 원점에서 다시 이 문제를 거론합니다. 그러면서 자신이 행한 이제까지의 작업이 사명감이 만들어낸 허구였을지도 모른다고 담담히 회고합니다.

이는 근대문학을 뒷받침하는 제도적 장치가 작품만이 아니라 그것을 정리하고 연구하고 실체화하는 자기 자신마저 옭아매고 있었음을 고백하는 것이라 할 수 있습니다. 문제는 한국근대문학연구의 개조開祖에 해당하는 그가 아무리 부정한다 하더라도 일단 만들어진 제도는 어떻게든 스스로 굴러간다는 사실에 있습니다. 특히 내셔널리즘과 밀접한 관계가 있는 국문학國+文學의 경우는 더욱 그러합니다. 국어시스템과 수천수만 명의 생계가 한국문학의 실체화와 연결되어 있기에 어쩔 수 없는 일인지도 모릅니다.

『일본근대문학의 기원』은 제목 때문에 종종 오해를 받지만, 실은 일본근대문학비판이 더 어울리는 제목입니다. 「근대문학의 종언」의 첫 부분에서 가라타니는 이상한 것은 문학의 쇠퇴가 아니라 특정한 시기 문학에 부여된 과도한 의미라고 이야기하는데, 『일본근대문학의 기원』이 문제삼은 것도 실은 이것이었다고 말할 수 있습니다.

지금은 먼 과거가 되었지만 삼십 대의 젊은 김윤식이 한국근대문학을 공부하면서 맞닥뜨린 한국문학의

178

기원은 다음과 같았습니다.

　신문학이 서구적인 문학장르(구체적으로는 자유시와 현대소설)를 채용하면서부터 형성되고 문학사의 모든 시대가 외국문학의 자극과 영향과 모방으로 일관되었다 하여 과언이 아닐 만큼 신문학사란 이식문화의 역사다. 그런만치 신문학의 생성과 발전의 각 시대를 통하여 영향받은 諸외국문학의 연구는 어느 나라의 문학사상의 그러한 연구보다도 중요성을 띠는 것으로 그 길의 치밀한 연구는 곧 신문학의 태반의 내용을 밝히게 된다. (⋯⋯)

　신문학은 서구문학의 이식과 모방 가운데서 자라났다. 여기에서 이 환경의 연구가 이미 특히 서구문학이 조선에 수입된 경로를 따로이 고구考究하게 된다. 외국문학을 소개한 역사라든가 번역문학의 역사라든가가 특별히 관심되어야 한다. 여기서 우리가 봉착하는 것은 서구문학의 직접 연구보다도 일본문학 내지 메이지, 다이쇼문학사의 상세한 연구의 필요다.

　(⋯⋯) 신문학의 생성기에서 가장 중요한 문제

였던 언문일치의 문장창조에 있어 조선문학은 전혀 메이지문학의 문장을 이식해왔다. 이 신문장의 생성과 발전에 있어 일본문장의 영향은 조선에 있어 국어교육의 발전과 더불어 심대한 관계를 가진 것으로 특별한 주의를 요한다.[6]

한국문학의 기원이 일본문학에 있다는 임화의 이런 주장만큼 한국문학 관련자들을 참담하게 하는 것도 없습니다. 김윤식이 150여 권에 달하는 방대한 저서를 통해 시도한 것이 이와 같은 이식문학론의 극복이었음을 쉽게 짐작할 수 있습니다. 하지만 아이러니컬하게도 그는 임화의 충고를 가장 충실히 따랐던 인물입니다. 해방 후 식민지문화 청산이라는 명분 하에 애써 일본문학을 외면하고 서구문학 수입에 열을 올리고 있을 때, 홀로 발길을 돌려 일본문학에 관심을 가졌습니다.

그가 그렇게 했던 이유는 비교적 명확합니다. 그도 느끼고 있었던 것입니다, 일본문학에 대한 이해 없이는 한국문학을 제대로 이해할 수 없다는 사실을 말입

•••
[6] 임화,「朝鮮文學硏究의 一課題」,〈조선일보〉, 1940년 1월 14일자.

니다. 하지만 그는 일본 쪽 연구를 지나치게 참조한
다고 해서 종종 비난을 받았습니다. 그리고 언제부터
인가 자문자답하는 기묘한 문체를 구사하게 됩니다.
그럼에도 불구하고 그는 묵묵히 자신의 길을 걸었고,
본의 아니게 『일본근대문학의 기원』을 표절하기에
이릅니다.

2000년대의 벽두를 크게 장식한 표절논란에 대해
서는 따로 논의할 기회가 있을지 모르지만, 일단 분
명히 말할 수 있는 것은 그의 경우 일반적으로 이야
기되는 무의식적 실수와는 거리가 있다는 점입니다.
그것은 그의 웅대한 작업을 뒷받침하는 어떤 필연을
한갓 우연에 불과한 것으로 격하시키는 일입니다. 그
러므로 이 문제는 서로 다른 지점에서 출발했지만 메
이지·다이쇼문학이라는 어떤 필연를 통해 두 사람이
만난 것으로 봐야 합니다. 임화의 관점에서 보더라도
이 만남에는 확실히 운명적인 요소가 있었습니다.

그렇다면 임화가 말하는 메이지·다이쇼문학이란
무엇이었을까요? 그것은 무엇보다 제국주의 전쟁과
관련이 있습니다. 구니키다 돗포가 처음 문명을 떨친
것은 청일전쟁 때 종군기자로서 쓴 기사를 통해서입
니다. 이 글들은 이후 『애제통신愛弟通信』으로 묶여

큰 반향을 일으켰습니다. 하지만 전쟁이 끝나자 알 수 없는 허무감에 빠집니다. 그래서 홋카이도로 건너가는데, 그곳에서 풍경을 발견하게 됩니다. 우리가 아는 일본근대문학은 이즈음 탄생하게 됩니다.

그렇다면 우리의 경우는 어떠했을까요? 일본으로 유학을 간 이들이 일본문학과 일본어로 번역된 서양문학을 읽고 근대문학이라는 것을 들여옵니다. 소위 언문일치도 일본의 예를 참조하여 시도합니다. 따라서 일본근대문학의 기원이 국민전쟁과 식민지배라면, 한국근대문학의 기원은 그것을 통해 형성된 일본근대문학(메이지·다이쇼 문학)이라 말할 수 있습니다. 그런데 일본의 침략 대상 중 하나가 조선이었다는 점에서 일본근대문학의 기원은 조선이기도 합니다. 이는 두 나라 문학의 관계를 임화처럼 일방적인 관계로 봐서는 곤란하다는 것을 의미합니다.

그렇다면 중국은 어떠했을까요? 중국의 유학생들도 조선의 유학생들과 마찬가지로 일본에서 배워 언문일치를 시도하고 근대문학과 근대사상의 기틀을 다졌습니다. 하지만 중국의 근대문학은 한국의 근대문학과 성격이 많이 달랐습니다. 그것은 크게 두 가지 이유 때문입니다. 첫째는 비록 제국주의의 침략으로 만신창이가 되었음에도 불구하고 나라 전체가 식민지가 되지는 않았습니다. 그리고 사정이야 어찌됐든 타도되어야 하는 대상으로서 청나라가 버젓이 존재하고 있었기에 끊임없이 새로운 시도(이를테면 근대국가 만들기)가 이루어졌습니다. 둘째는 풍부한 문화유산 덕에 근대문학 일변도로 흐르지 않아도 되었습니다. 루쉰이 장편소편을 쓰지 않을 수 있었던 것도, 그런 의미에서 근대문학과 거리를 둘 수 있었던 것도 이 때문이라 할 수 있습니다.

정리하면 중국도 일본의 영향을 많이 받았으나 일본이 근대서양을 받아들이는 방식에 영향을 받았다고 한다면, 조선은 일본문화의 영향을 받았다고 할 수 있습니다. 중국의 유학생들은 청일전쟁 이후 조국의 근대화를 위해 파견된 이들로서 패전에서 얻은 허무감을 근대국가 만들기의 원동력으로 삼았지만, 나라를 잃은 조선의 유학생들이 당시 상황에서 할 수 있었던 것은 문화적인 행위뿐이었습니다. 물론 뜻이 있는 이들은 상하이에 있는 임시정부를 찾아가기로 가기도 했지만, 그들 중 일부는 이광수처럼 환멸만 느끼고 돌아왔고, 이후 친일의 길을 걷게 되기도 합니다.

이런 의미에서 조선은 중국과 대만의 중간 정도가 아니었나 합니다. 대만은 우리의 입장에서 볼 때 조금 특이합니다. 그들은 일단 근대문학이라는 것 자체에 큰 의미를 부여하고 있지 않는 것 같습니다. 가라타니는 그 이유를 내셔널리즘의 부재에서 찾습니다만, 그렇다고 대만에 문학이 없었던 것은 아닙니다. 다만 한국만큼 문학에 특별한 가치가 부여되어 있지 않을 뿐입니다. 대만에서 가라타니 고진은 처음부터 사상가로 받아들여졌습니다. 그 때문인지 『일본근대문학의 기원』도 번역되어 있지 않습니다.[7]

대만은 청일전쟁 후 청나라가 일본에 할양한 섬으로(1895년), 상대적으로 외부와 단절되어 있었기 때문에 일본문화의 전면적 이식이 대체로 순조롭게 이루어집니다. 하지만 조선은 대륙과 연결되어 있었기에 이질적인 다양한 것들이 계속 오갈 수 있었습니다. 만약 한국에 근대문학이라는 것이 존재한다면, 무엇보다 '바깥에 대한 상상력'을 가능하게 한 이런 '외부와의 접점'에 주목할 필요가 있을 것입니다.

...
[7] 최근(2021년)에야 비로소 번역되었다.

사회성과 감수성

한국은 오랫동안 작가의 지위가 높았던 나라입니다. 이런 전통이 허물어지기 시작한 것은 90년대라 할 수 있습니다. 하지만 여전히 작가를 숭상하는 분위기가 남아있습니다. 창비 진영을 대표하는 평론가 최원식은 한국에서 작가를 높이 평가하는 이유를 문인이 지배계급이었던 점에서 찾습니다. 그리고 그것을 사회주의운동 및 문학운동과 결합시킵니다. 그런데 이는 한국근대문학의 사회성을 근대에 저항하는 양반계급의 의식에서 찾는 것이기도 합니다.

흥미롭게도 한국에서는 마르크스주의운동과 유교, 그리고 양반이 결합하는 경우가 많았습니다. 일제시대에 친일파로 동원된 토착 부르주아는 어느 쪽이었나 하면 대체로 전통적인 신분질

서의 주변에 있던 사람들이었습니다. 그 때문에
원래 신분이 낮았던 사람들이 좌지우지하는 식민
지 근대(식민지 지배하에서 초래된 근대화)에 대
한 양반의 분노와 같은 것이 사회주의운동과 문
학운동으로 이어졌다고 생각합니다.[8]

이런 관점에서 보면 일제강점기란 기존의 지배계
급(양반)과 신흥부르주아 간에 벌어진 계급투쟁의 시
대였다는 말도 됩니다. 이런 주장은 오늘날 여전히
강력한 슬로건으로 활용되는 반일과 친일청산의 기
원을 다시금 음미하게 만듭니다. 하지만 여기서 주목
하고 싶은 것은 문인 지배계급과 한국근대문학의 연
결점입니다.

동아시아에는 '문사文士'라는 말이 있습니다. 일본
에서는 문사라고 하면 문필업에 종사하는 사람, 즉
작가를 가리킵니다. 하지만 한국에서는 학문(글)으
로 입신을 한 사람이라는 뜻에 가깝습니다. 조선시대
는 문관의 시대로, 글을 읽고 쓰는 사람들의 일차적
인 목표는 과거였고 최종목적은 정승이 되는 것이었

[8] 白樂晴·崔元植·鵜飼哲·柄谷行人,「韓国の批評空
間」,『批評空間』(Ⅱ-17), 1998, 19頁, 강조는 인용자.

습니다. 고려 광종 9년(958년)에 도입된 과거제도는 1894년 갑오경장으로 폐지되기까지 무려 1,000년 동안 한반도를 지배해 왔습니다.

그런데 과거를 치르기 위해서는 사서삼경은 물론 주자학과 중국문학에 밝아야 했습니다. 즉 한문능력과 문학능력은 관료가 되기 위한 필수조건이었습니다. 따라서 관료들은 수준의 차이는 있겠지만 모두가 학자이자 시인이었습니다. 소위 한문중심주의는 조선사회의 이런 지배구조와 밀접하게 연결되어 있기 때문에 쉽게 사라지지 않았습니다. 그리고 이는 오늘날에까지도 영향을 끼치고 있습니다. 한국문학에서 시가 가진 압도적인 영향력이 바로 그 증거입니다.

흔히 한국은 '시가 팔리는 거의 유일한 나라'라고 이야기됩니다. 시인이 소설가보다 압도적으로 많으며 (등단한 시인만 1만 명이 넘습니다), 누군가가 문학을 한다고 하면 그것은 곧 시를 쓴다는 것을 의미합니다. 대학에도 시 담당교수의 비율이 소설 담당교수에 뒤지지 않으며 전공자의 경우는 오히려 시 쪽이 더 많습니다. 따라서 '근대문학=소설'이라는 공식은 적어도 한국에서는 통용되지 않는다 하겠습니다.

이런 분위기인지라 한국에서 영향력이 있는 비평

가란 대부분 시를 평하는 비평가입니다. 애당초 소설
만 다루는 비평가 자체가 많지 않습니다. 그리고 평
론 자체를 시문처럼 쓰는 사람, 그리고 눈에 속속 박
히는 경구를 잘 만들어내는 비평가가 사랑을 받습니
다. 이들은 문인의 다수를 차지하고 있는 시인과 수
많은 시인 지망생을 열성독자로 거느리고 있습니다.
그런 의미에서 김윤식은 매우 특이한 존재였습니다.
왜냐하면 그의 웅대한 저서는 대부분 소설과 비평을
대상으로 삼고 있으며 미문이나 경구와 거리가 멀었
기 때문입니다.

한국은 고교 졸업생의 80% 가까이가 대학에 진학
하는 나라입니다. 이런 뜨거운 교육열을 뒷받침하는
것이 신분세습 내지 신분상승과 관련된 욕망이라는
점에서 사실상 과거열의 변형으로 볼 수 있습니다. 실
제 많은 이들이 국가의 녹을 먹는 관료가 되거나 거
대조직의 일원이 되는 것을 선호합니다. 그리고 그것
을 입신출세와 동일시합니다. 사정이 이러하기에 사
회적 분위기상 자영업이나 가업계승은 항상 첫 번째
선택에서 배제됩니다.

이런 배경에서 문학은 관직에 오를 수 없었던 이
들이 선택한 입신 방법의 하나였습니다. 한국계 미국

소설가 강용흘(1903-1972)이 쓴 『초당』(1931)이라는 자전적 소설에는 흥미로운 장면이 등장합니다. 어느 날 어린 주인공은 조선이 망했다는 소식을 듣습니다. 하지만 망국을 슬퍼하기보다 "이제 정승이 될 수 없겠구나" 하며 울음을 터뜨립니다. 당시 많은 이들에게 일제강점기란 과거가 없는 시대, 즉 관료가 될 수 없는 시대로, 그 시대를 산 지식인 계급이 가졌던 절망감은 이와 분리하여 생각할 수 없습니다. 따라서 이들 중 일부는 독립운동(나라찾기)으로 나아갔고, 일부는 현실과 타협을 하거나 문화운동(근대문학)으로 나아갔습니다.

　이는 한국전쟁 이후에도 마찬가지였습니다. 전후 한국을 대표하는 작가 중에는 아버지가 사회주의운동을 하다 비명횡사하거나 북으로 넘어간 사람이 적지 않습니다.[9] 그런데 반공주의가 지배이념이었던 남한사회에서 그들이 공직에 진출하다는 것은 현실적으로 어려웠습니다. 따라서 일부는 당시 과거와 같은 역할을 한 사법고시에 도전하기도 합니다. 그런데 이마저도 여의치 않자 일부는 문학으로 방향선회를

[9] 대표적인 작가로 김승옥, 이문구, 김원일, 김원우, 김성동, 이문열 등을 들 수 있다.

합니다. 전후의 한국문학에서 발견되는 사회성은 이런 분위기와 어떤 형태로든 연결되어 있다고 말할 수 있습니다.

여기서 한 가지 지적할 필요가 있는 것은 한국에서 문학은 애당초 산업이나 경제적 부와는 무관한 영역이었다는 사실입니다. 앞서 말한 것처럼 문학능력이란 일단 관료(지배계급)가 되기 위해 갖추어야 하는 기본능력 같은 것이었습니다. 이는 시대가 바뀌어도 크게 달라지지 않았습니다. 다시 말해 문학은 직업으로 간주되지 않았습니다.

식민지 시대에 문학으로 생계를 꾸린 사람은 거의 없었는데, 그도 그럴 것이 1만부 이상 팔린 소설이 세 권 정도에 불과하며, 그것도 30년대 후반에야 겨우 출현했습니다. 단행본으로 출간된 창작소설도 100권을 크게 넘지 않습니다. 사정이 이러하기 때문에 프랑코 모레티의 주장("문학사는 도살장이다")이 무색하게도 대부분 살아남아 문학사에 등록되었습니다.

그렇다면 식민지 조선에서 문학시장이 제대로 형성되지 못한 이유는 무엇일까요. 그것은 일단 강고한 한문중심주의와 그에 따른 근대적 출판시스템의 미비를 들 수 있습니다. 하지만 이보다 근본적인 원인은 문맹률(한글을 모르는 사람)이 높았기 때문입니다. 19세기 말부터 의무교육을 실시한 일본의 경우[10], 1920년대 중반 엔본의 등장으로 독서시장이 폭발적으로 성장할 수 있었던 데 반해(일본인은 대부분이 읽고 쓸 수 있었습니다), 당시 조선의 문자해독률은 10% 중반에 지나지 않았고 30년대가 되어도 20%대에 그쳤습니다.[11] 그리고 지식인 계층은 일본어를 할 줄 알았기 때문에 조선어로 쓰인 문학에 대한 관심이 적었습니다.

한국에서 의무교육이 본격적으로 시작된 것은 한국전쟁 말기인 1952년으로, 일본보다 매우 늦었습니다. 한국문학과 일본문학을 비교할 때 이 점을 문제삼는 사람이 거의 없는데, 그것은 모든 국가의 문학은 평등하다고 가정하기 때문입니다. 하지만 근대문학만큼 불평등한 것도 없습니다. 이것을 누구보다 정

[10] 1871년 '학제' 공포를 계기로 의무교육 추진운동이 일어났지만 수업료가 있었기 때문에 효과를 보지 못했다. 그러다 '교육령' 공포(1879), '학교령'(1886)을 거쳐 '소학교령' 개정(1890)에 이르러 마침내 무상의무교육이 실시된다.

[11] 노영택, 「일제시기의 문맹률 추이」, 『국사관논총』, 제51집, 국사편찬위원회 참조.

확히 지적한 이는 톨스토이입니다. 이에 대해서는 이미 자세히 다룬 바 있습니다.[12]

여하튼 뒤늦게나마 의무교육을 받은 이들이 이후 4.19혁명(1960년)의 주도세력이 됩니다. 한국문학에 대해 약간이라도 관심이 있는 사람이라면, '4.19세대'(1960년 당시 대학생이었던 세대)라는 말을 들어 보셨을 것입니다. 사실상 전후한국을 이끈 세력으로 평가되는 이들은 스스로를 4.19세대라고 애써 강조하는 경향이 있는데, 당시 시위를 실질적으로 주도한 세력은 대학생들이 아니라 의무교육 첫 세대라 할 수 있는 고등학생들이었습니다.

여하튼 4.19세대는 이후 문학영역에서 창비(『창작과비평』)와 문지(『문학과지성』)라는 양대 세력을 형성하여 지금에 이르고 있습니다. 그런데 이 세대가 한 가지 더 강조하는 사실이 있습니다. 그것은 자신들이 한글세대(정확히는 일본어를 모르는 세대)라는 것입니다. 사실 구세대는 사고 자체를 일본어로 하는 것이 편한 세대였습니다. 따라서 식민문화의 잔재를 청산하고 새로운 시대의 등장을 알리기 위해 이보다

...
[12] 일어판 『세계문학의 구조』에 부록으로 수록됨.

더 좋은 캐치프레이즈도 없었을 것입니다. 하지만 맨 땅에서 나오는 것은 아무 것도 없습니다. 그래서 그들이 선택한 새로운 레퍼런스가 바로 서구문학이었습니다.

4.19세대 문인(특히 평론가) 중 서구문학(영문학, 불문학, 독문학)을 전공한 이들이 압도적으로 많은 것도 이런 맥락이라 하겠습니다. 하지만 이런 그들에게 당황스러운 사건이 하나 일어납니다. 그것은 바로 가와바타 야스나리川端康成의 노벨문학상 수상(1968년)입니다. 좋든 싫든 노벨문학상은 그동안 한국에서 문학의 모범으로 간주되어 왔습니다. 하지만 수상자가 일본인이라면 이야기가 달라질 수밖에 없었습니다. 따라서 4.19세대 비평가 중 한 명이 다음과 같이 불쾌감을 드러낸 것도 자연스러웠습니다.

川端이 노벨상 수상소식을 듣고 "일본문학의 전통이 아마 나의 작품을 통하여 서양사람들에게 인식된 것인지도 모른다"고 한 말처럼, 川端의 수상이유가 일본적 정서의 전달에 뛰어난 데 있다면, 그의 문학이 세계적 정상의 문학이다라고 말할 수는 없다. 그의 수상은 어떤 의미에서 서구인의 문화적 優等意識 때문에 가능했다고 볼 수 있다.

왜냐하면 川端은 異國的 情緒에 대한 서구인의 딜레탕티즘을 만족시켜주었을 테니까. 따라서 우리와 문학적 경지가 비슷한 일본문학이 노벨상을 받았다고 해서 우리에게 노벨상이 가까워졌다고 흥분할 이유가 없는 듯 하다.

노벨상의 정치성을 인정하고 그 상의 한계를 인식하지 않으면 안 된다. 외국작품이면 무엇이든지 배격하는 태도와 마찬가지로 노벨상 수상작가의 작품이면 얼마든지 소개해도 지나칠 것이 없다는 태도는 정당한 것이 아니다.[13]

지금의 관점에서 보면 나름 타당한 지적도 있지만, 여기서는 내용 자체를 문제삼지 않겠습니다. 대신에 이런 글이 쓰인 배경에 주목하고 싶습니다. 당시 출판시장을 돌아보면 1968년은 가히 『설국』의 해였다고 해도 과언이 아닙니다. 그 열기가 어느 정도였는가 하면 수상자 발표가 있던 10월 18일 석간에 이미 『설

[13] 김치수, 「『설국』 번역판의 범람과 일본문학 수용의 문제점」, 〈경향신문〉, 1968년 11월 27일자, 강조는 인용자.

국』번역본 책 광고가 등장했을 뿐 아니라 수상자 발표로부터 불과 한 달 사이에 무려 10종의 번역서가 쏟아져 나왔습니다.

일본문학을 의도적으로 거부했던 4.19세대 비평가들에게 이런 상황만큼 못마땅한 일도 없었을 것입니다. 왜냐하면 그들의 주도하에 기획되고 만들어져 가던 '한국문학'이란 일본문학에 대한 철저한 부정 위에 세워진 것이기 때문입니다. 그런데 아이러니컬하게도 이 사건은 한국문학에 자신감을 주기도 했습니다. 우리와 문학적 경지가 비슷한 일본문학도 받았으니 한국문학도 조만간 노벨문학상을 받을 수 있다고 생각한 것입니다. 실제 이때부터 '노벨문학상 프로젝트' 같은 것이 이야기되기 시작합니다.

그렇다면 『설국』이 이렇게 빨리 번역될 수 있었던 이유는 무엇일까요. 60년대만 해도 네이티브처럼 일본어를 구사하는 인구가 많았습니다. 사회적 분위기 상 대놓고 드러낼 수 없는 능력이었지만, 한글로 읽을 수 있는 책 자체가 많지 않았던 당시, 일본서적은 지식습득을 위한 효율적이고 은밀한 통로이기도 했습니다. 그런데 이런 인적 인프라 덕에 노벨상 수상 이전에 『설국』이 번역되어 있었을 뿐만 아니라, 수상

이듬해인 1969년에는 아예 『가와바타 야스나리 전집』[14]까지 완간될 수 있었습니다.

여기서 명확히 해둘 사항이 하나 있습니다. 그것은 한국에서 일본문학이 일본문학으로, 그러니까 외국문학으로 인식된 것은 1960년대가 되어서였다는 사실입니다. 쉽게 말해 1960년대 이전까지는 몇몇 예외적인 경우를 제외하면 일본문학은 번역되지 않았습니다. 당연한 이야기겠지만, 식민지시대에 교육을 받은 이들은 그냥 일본어로 읽는 게 더 편했습니다.[15] 그런 의미에서 4.19세대의 등장은 일본문학의 등장이기도 했습니다. 일본어를 모르는 세대들로 인해 비로소 일본문학이 번역될 필요성이 제기되었던 것입니다.

· · ·

[14] 흥미로운 점은 이 전집을 번역한 이들 중 한 명이 4.19세대(?)를 대표하는 소설 『광장』의 작가라는 사실과 또 다른 한 명이 이후 하루키 열풍을 일으키게 되는 『상실의 시대』(『노르웨이의 숲』의 한국어판 중 가장 많이 팔린 판본)의 번역자라는 사실이다.

[15] 참고로 1931년생 박완서의 경우, "일본문학이 외국문학이라는 발상이 우리 세대에는 없어요"라고 고백한 바 있다(다와다 요코, 『여행하는 말들』, 유라주 옮김, 돌베개, 2018, 86쪽, 강조는 인용자).

실제로 4.19혁명을 전후로 일본문학이 활발히 번역되기 시작합니다. 하지만 이런 분위기를 애써 무시한 서구문학 전공의 평론가들과 달리, 창작자는 그것들을 몰래 읽고 많은 영향을 받습니다. 그리고 그것은 결코 발설해서는 안 되는 창작의 비밀 같은 것이 됩니다. 문학사에서 4.19세대를 대표하는 소설가로 흔히 김승옥을 이야기합니다. 당시 그의 등장은 그 자체로 충격적이어서 한 평론가(유종호)는 그의 작품을 감수성의 혁명으로까지 불렀습니다. 그런데 이와 같은 혁명의 당사자는 말년에 한 대담에서 흥미로운 이야기를 합니다. 60년대 초에 번역되었던 일본소설을 읽지 않았다면, 소설을 쓸 생각 자체를 아예 하지 않았을 것이라고 말입니다.

김승옥: 4.19 이후에 생긴 변화 중에 일본문학이 번역 출판되기 시작한 것이 저로서는 자극적이었어요. 일본어를 모르는 우리세대가 일본문학을 읽을 수 있게 된 것이죠. 4.19 전에는 일본문학이 거의 번역되지 않았어요. (…) 사실은 대학생 때부터 소설을 쓰게 된 가장 큰 동기는 그때 번역되기 시작하는 일본소설을 읽고 받은 충격이

랄까 자극 때문이었어요. (…) 일본사람들이 2차
대전에서 패한 직후의 상황들, 말하자면 전쟁에
참여했다가 고통 받고 전후에 경제적으로 몰락
하고 정신적으로 황폐해져버린 상황을 아주 절실
하게 썼단 말이죠. 나와 나이 차가 많지 않은 일
본의 젊은 작가들 작품을 보는 순간, 내가 과거
에 막연하게 헤르만 헤세 읽고 앙드레 지드 읽고
하면서 서양문학에서 받았던 느낌과는 다르게
훨씬 실감나고 피부로 느껴지더라고요. 아, 소설
이란 것이 이런 것이구나, 자기가 살고 있는 시대
를 이렇게 아프고 절실하게 쓸 수 있는 것이로구
나 하는 느낌을 충격적으로 받았죠. (…) 그런 소
설들을 보고 나니까 소설이란 쓸 만한 것이구나,
쓸 필요가 있는 것이구나, 그럼 우리 얘기를 나도
한번 써보자……[16]

일본어를 모르는 불문과 학생(김승옥)이 서구문학

[16] 김병익, 김승옥, 염무웅, 이성부, 임헌영, 최원식, 「좌
담: 4월혁명과 60년대를 생각한다」, 최원식 / 임규찬 엮음,
『4월혁명과 한국문학』, 창작과비평사, 2002, 30-31쪽, 강
조는 인용자.

이 아닌 일본문학을 읽고 소설을 쓰기로 결심했다는 것, 그리고 그렇게 쓴 소설이 감수성의 혁명으로 평가를 받았다는 것이 의미하는 것은 무엇일까요? 이것은 단순히 영향 같은 것으로 정리될 수 있는 문제가 아닙니다.

그런데 이와 비슷한 일이 90년대에 다시 발생합니다. 그것은 소위 신세대문학의 등장과 관련이 있는데, 당시 최원식은 이들에 대해 강한 경계심을 드러낸 바 있습니다.

90년대에 들어 신세대문학의 등장과 함께 한국문학의 지각변동이 급격히 진행되고 있다고 자주 이야기되는데, 그것은 사실입니다. 그러나 표현에 주의할 필요가 있습니다. 보수화되고 있는 저널리즘이 좌익적 세력을 해체하기 위해 퍼뜨리고 있는 측면이 강하기 때문입니다. 문학의 위기를 주장하는 비평가 중 일부는 이런 경향을 즐기고 있는 것처럼 보입니다. 이런 종류의 논의는 『창작과비평』을 비롯한 민족문학 진영을 실질적인 공격목표로 삼고 있습니다. 나는 90년대가 낳은 최량의 문학작품에는 한국문학이 전통적으로

가지고 있는 사회성이 새로운 형태로 유지되어 있다고 생각합니다.[17]

최원식은 90년대에 등장한 새로운 문학세력을 민족문학 진영을 공격하는 세력으로 규정하면서 이를 '신세대문학 VS 구세대문학' 내지 '보수(우익)문학 VS 진보(좌익)문학'의 구도로 파악합니다. 참고로 비평 쪽에서는 그것이 '모더니즘 VS 리얼리즘'의 구도로 제시됩니다. 그렇다면 그는 무엇을 기준으로 진영을 구분한 것일까요? 그것은 바로 한국문학이 전통적으로 가지고 있는 사회성이었습니다. 그런데 앞에서 살펴본 주장에 따르면, 그것은 문인 지배계층(양반)의 의식과 관련이 있습니다.

즉 그의 눈에 90년대 신세대문학이란 구지배계층의 의식(국사國士의식-최원식의 표현)이 부재하는, 즉 근본 없는 (포스트)근대주의자들이 내세우는 문학에 불과했습니다. 이는 다른 말로 90년대 문학계에 일어난 지각변동(?)이란 실은 식민시대에 벌어진 '신흥부르주아와 구지배계급의 대결'의 반복이라는

[17] 白樂晴 · 崔元植 · 鵜飼哲 · 柄谷行人,「韓国の批評空間」, 앞의 책, 20頁, 강조는 인용자.

뜻이기도 합니다. 주장의 옳고그름은 논외로 하고 여기서 우리가 주의할 점은 이 대결에서 큰 역할을 한 것이 일본문학, 구체적으로는 하루키 문학이라는 사실입니다. 창비 진영이 일관되게 하루키에 대해 부정적인 입장을 이어온 데는 이런 맥락이 있습니다.

그렇다면 이 대결의 결과는 어떻게 되었을까요? 최원식은 90년대가 낳은 최량의 한국문학은 전통적인 사회성을 가지고 있다고 단언하는데, 창비 진영이 한때 그 예로 든 작가가 바로 신경숙이었습니다. 백낙청을 위시한 많은 평론가들이 신경숙 문학의 사회성을 강조하면서 새로운 민족문학으로서 자리매김을 시도합니다. 그리고 그 과정에서 『엄마를 부탁해』가 유례없는 성공을 거두기도 합니다.

하지만 아이러니컬하게도 그녀는 (한국에서 우익 작가로 간주되는) 미시마 유키오의 소설을 표절했다는 시비에 휘말리고, 이로 인해 평판이 나락으로 떨어집니다. 물론 창비 진영은 일관되게 신경숙을 옹호하지만, 이미 입은 상처를 처음 상태로 되돌리기에는 역부족이었습니다. 그래서일까 최근에는 이전과 같은 노력은 방기한 것처럼 보입니다. 물론 이런 태도의 변화는 한강이라는 대체재를 발견한 것과 무관하지 않을 것입니다.

(구세대문학과의 결별을 의미하는) 1990년대 문학이 보여준 새로운 감수성이란 어떤 의미에서 1960년대 문학에 있었던 '감수성의 혁명'의 반복으로 볼 수 있습니다. 단 1960년대에는 그것의 근원이 철저히 억압되었다면, 1990년대에는 그것이 '표절논란'으로 표출되었다는 점에서 차이가 있습니다. 억압된 것의 귀환인 셈이지요. 이런 사정 때문에 1994년 오에 겐자부로의 노벨상 수상은 가와바타 야스나리의 수상 때와는 전혀 다른 의미로 다가올 수밖에 없었습니다.

이후 일본문학은 한국이 부정하고 싶어도 부정할 수 없는 존재, 아니 가장 영향력이 있는 외국문학으로 군림하게 됩니다. 헤겔의 말처럼 우연으로 치부했던 것이 반복을 통해 필연적인 현실이 된 것입니다. 하지만 이를 못마땅하게 생각하는 사람들이 여전히 존재하는데, 그들은 반일과 민족을 외치고 전통적인 사회성을 이야기하면서 특정 정치세력을 노골적으로 옹호하는 데 한점 부끄러움도 없는, 그리고 그것에서 오히려 도덕적 우월감까지 느끼는 양반들입니다. 확실히 양반제도 폐지는 양반이 주장할 때 더 설득력이 있는지 모릅니다.

프랑스철학과 현대비평

「이동과 비평」에서 흥미로운 부분 중 하나는 일본의 문학비평이 엄밀한 의미에서 프랑스철학이었다고 지적하는 부분입니다.

전후 일본에는 문학비평에 대한 특별한 신뢰가 있었습니다. 철학과 사회과학이 전쟁 전과 전쟁 중에 치명적인 추태를 보여주었기 때문에, 전후에는 문학비평만 남았습니다. 문학은 감성적인 개인적 차원을 제거하지 않으면서 동시에 개인을 넘어선 사회구조와 같은 차원을 파악합니다. 즉 문학비평은 자신을 제거하지 않고 세계를 파악할 수 있습니다. 전쟁 전과 전쟁 중의 경험에 입각해 무언가를 사고하기 위해서는 문학비평이 필요했습니다.

일본에서는 전쟁 전부터 문학비평이 철학이

203

나 사회과학에 대항하는 지知로서 존재해 왔습니다. 이 경우 다음과 같은 점에 유의해야 합니다. 문학비평이라고 하지만 고바야시 히데오小林秀雄가 그러한 것처럼 실질적으로 프랑스철학입니다. (……) 내가 철학이 아닌 문학비평을 선택했다고 할 때, 그것은 사실 프랑스철학과 같은 타입의 철학을 선택한 것이라고 말할 수 있습니다.
(「이동과 비평」, 213쪽)

여기서 말하는 프랑스철학으로서의 문학비평에서 "문학이냐? 철학이냐?"라는 구분은 무의미합니다. 이것은 프랑스의 독특한 문화적 분위기와 관련이 있는데, 일본에서 그와 비슷한 것이 성립할 수 있었던 것은 철학이나 사회과학과 긴장을 유지하던 문학비평에 대한 특별한 신뢰가 바탕에 있었기 때문입니다.

태평양전쟁 당시 문학자 중심의 〈근대의 초극〉이라는 좌담회와 교토학파 중심의 〈세계사적 입장과 일본〉이라는 좌담회가 열립니다. 이후 이 두 회합은 제국주의에 투항한 일본지식인의 대표적인 이벤트로 함께 거론됩니다. 그런데 가라타니는 두 회합에 존재하는 '차이'에 주목하기를 권합니다. 〈세계사적 입장

과 일본〉에서 중요한 것은 대동아공영권과 태평양전
쟁에 대한 사상적 뒷받침이었습니다. 하지만 〈근대의
초극〉에서는 그런 지지가 회피(회의)된 측면이 있었
습니다. 우리의 입장에서 보면 오십보백보처럼 보일
지 모르지만, 가라타니는 그 차이를 독일철학적인 것
과 프랑스문학적인 것 사이에 존재하는 긴장으로 이
해합니다.

　　일본의 근대철학은 독일관념론의 어휘와 사고
　법으로 형성되어 왔습니다. 그런 것이 '철학'이라
　고 생각되어온 것입니다. 하지만 철학은 자신의
　삶과 경험에 들어맞는 명석한 사고여야 합니다.
　그런 의미에서 문예비평가라고 불리는 사람들이
　야말로 철학적이라고 생각합니다. 그런데 그들은
　거의가 프랑스 문학 · 철학계였습니다.[18]

　전쟁을 적극 지지한 〈세계사적 입장과 일본〉의 참
여자 대부분이 독일철학을 전공한 소위 교토학파였
던 데에 반해, '전쟁 지지'라는 시대적 분위기에 소극

[18] 가라타니 고진, 「근대의 초극」, 조영일 옮김, 『문자와
국가』, b, 2011, 96쪽.

적으로나마 저항을 한 〈근대의 초극〉의 참여자는 거의가 프랑스문학 전공자들이었다는 사실은 의미심장합니다. 이런 관점에서 가라타니는 당시 프랑스 문학이란 어떤 의미에서 철학에 가까운 것이었다고 말한 것입니다. 일본근대비평을 이해할 때 이것은 매우 중요한 지점이라 하겠습니다.

그러고 보면 우리도 프랑스문학 전공자들이 평단을 주도하던 시기가 있었습니다. 그것은 1960년대 즈음에 시작되어 1990년대까지 지속되었습니다.[19] 김윤식이 오랫동안 문학은 국문학과가 아닌 서구문학학과에 존재했다고 고백한 것도 이런 분위기와 관련이 있을 것입니다.[20] 하지만 국문과 출신이 비평계를 장악하기 시작한 1980년대부터는 주도권을 점점 상실하게 됩니다. 이와 더불어 비평대상이 문학, 그것도 동시대 한국문학으로 제한되게 됩니다. 왜 이런 사태가 발생하게 되었을까요? 이에 대해서는 여러 가지 설명이 가능하겠지만, 무엇보다 한국문학의 제도화

[19] 프랑스 현대사상이 유행하던 시기에는 프랑스어가 특권적인 언어로 받아들여지기도 했다.

[20] 김윤식, 『내가 살아온 20세기 문학과 사상』, 문학사상사, 2005 참조.

를 들 수 있을 것입니다.

하지만 일본의 비평계는 아직 한국처럼 특정학과 편중 현상이 심하지 않은 것 같습니다. 따라서 자국문학, 그것도 최근 작품만 평하는 사람도 없습니다. 예컨대 국내에 널리 알려진 아즈마 히로키는 솔제니친론으로 데뷔했습니다. 당연히 문학전공이 비평가의 필수조건이 아니며 창작과 비평을 겸하는 사람도 의외로 많습니다. 하지만 한국에서는 창작과 비평, 국문학과 외국문학, 그리고 비평과 학문 간의 분업이 매우 엄격합니다. 따라서 국문학 전공자들은 외국문학에 관심이 없으며, 그 역도 마찬가지입니다. 그리고 비평은 생계에 별 도움이 되지 않는 글쓰기, 혈기왕성한 시절에 잠깐 문인 흉내를 내는 글쓰기, 그리고 연구실적으로 인정되지 않는 부차적인 글쓰기 정도로 이해되는 게 현실입니다.

그런데 가라타니가 지적하는 것처럼, 20세기 후반 그러니까 사르트르(실존주의)에서 시작하여 들뢰즈, 데리다, 푸코(후기구조주의) 등에 이르는 프랑스 현대사상의 유행은 어떻게 보면 이 시대가 비평의 시대였다는 것을 의미하는 것인지도 모릅니다. 1990년대 한국을 강타한 프랑스철학 붐도 이런 관점에서 바

라볼 때 보다 잘 이해할 수 있지 않나 합니다. 실제로 프랑스철학을 가장 많이 소비한 것은 철학전공자들이 아니라 문학전공자들이었습니다. 당시 철학전공자는 거의가 독일철학이나 영미철학 전공자였는데(지금도 마찬가지입니다), 프랑스어를 모르는 그들에게는 문인들이 열광하는 현대프랑스철학이란 의심스러운 존재일 수밖에 없었습니다.

단 지금 한국에서 그때의 흔적을 찾는 것은 쉽지 않습니다. 현재 프랑스철학은 전공자들 사이에서 제한적으로 유통되고 있는 듯 합니다. 최근 사변적 실재론 등이 주목을 받고 있긴 하지만, 확실히 과거에 비할 바는 아닙니다. 하지만 우리보다 10년 정도 빨리 프랑스철학 붐을 맞이했던 일본의 경우는 사정이 조금 다른 것 같습니다. 뉴아카 붐을 상징하는 아사다 아키라와 당시 수 만부씩 팔린 『현대사상』이 아직 건재하고 『존재론적, 우편적』을 쓴 아즈마 히로키라는 걸출한 후계자까지 남기고 있기 때문입니다.

하지만 한국에서는 한때의 유행으로 치부되고 있으며 평론가들은 언제 그랬냐는 듯이 작품해설이나 논문쓰기로 복귀했습니다. 써먹을 수 있는 또 다른 유행에 여전히 기웃거리고 있긴 하지만요.

208

지혜와 고독

얼마 전 가라타니 고진과 직접 이야기를 나눌 기회가 있었습니다. 그때 가장 놀랐던 것 중 하나는 오랫동안 『비평공간』을 함께 편집한 아사다 아키라와 따로 연락하며 지내지 않는다는 사실이었습니다. 한국의 경우 잡지를 중심으로 인맥이라는 것이 만들어지고, 이것이 문단활동에서 매우 중요한 역할을 합니다. 어느 정도인가 하면 잡지는 작가의 성향을 규정할 뿐만 아니라 심지어 진영의 이름이 되기도 합니다.

따라서 그에게 '지혜의 위계질서'(백낙청) 같은 발상이 존재할 리 만무합니다. 그가 데뷔시키고 출세작 『존재론적, 우편적』을 연재할 수 있게 해준 아즈마 히로키조차 최근 공개적으로 가라타니를 비판하거나 야유하는 것을 보면, 스승이나 선배에 대한 예의 같은 것을 논할 계제는 아닌 것 같습니다. 하지만 당사자는 특별히 서운함이나 배신감 같은 것을 느끼지 않는 것 같았습니다.

　가라타니는 오랜 기간 대학에 있었지만 소속이 애매했으며 이렇다 할 제자도 없습니다. 뿐만 아니라 스스로 학파나 그룹 같은 것을 만들려고 하지도 않았습니다. 따라서 보는 사람에 따라 노년의 모습이 외롭게 보일지도 모릅니다. 하지만 저는 그런 모습에서 오히려 어떤 자·유·로·움·을 발견합니다. 현재 그는 어느 때보다 왕성하게 작업하고 있습니다. 일흔이 넘은 나이임에도 세계 각지로 강연여행을 다니면서 1년에 두 권 정도의 페이스로 책을 출간하고 있습니다.

　흔히 이동은 젊음의 특권이라고 이야기합니다. 하지만 가라타니를 보면 진정한 이동은 노년에야 비로소 가능한 게 아닌가 하는 생각이 들 정도입니다. 그런데 최근 젊은 비평가들을 보면 이동보다 안주를 선택하는 것 같습니다. 이동처럼 보이는 것도 막상 살펴보면 시대적 흐름을 추종하는 것에 불과한 경우가 많습니다. 독립된 개인이기를 포기하고 고독을 두려워하는 이들에게 뭔가 새로운 것을 기대하는 것만큼 부질없는 일도 없을 것입니다. 하지만 언젠가 이런 생각이 잘못되었음을 증명할 젊·은· 비평이 등장할 것이라는 믿음은 지금도 변함이 없습니다.

| 후기 |

이 책에 수록된 「한국문학의 구조」와 「실험으로서의 비평」은 기존에 발표한 글들과 두 가지 점에서 큰 차이가 있다. 첫째는 지면에 수록하기 위해 쓴 글이 아니라는 점이고, 둘째는 염두에 둔 청자/독자가 한국인이 아니라는 사실이다. 이와 관련된 경위는 다음과 같다.

「실험으로서의 비평」부터 말하자면, 이 글은 원래 나의 첫 책 『가라타니 고진과 한국문학』(2008)의 일본어판 출간을 기념하여 도쿄 진보초에서 열린 '나가이케長池강의'[1](2019년 12월 1일)의 강연문이었다. 이 강연회는 가라타니 선생과 진행한 일종의 합동강연회의 성격을 띠고 있었다.

...

[1] 이것은 가라타니 선생을 주요강사로 하는 정기·부정기 강의 프로젝트로 누구든 참석이 가능하다.

유료였음에도 불구하고 만석일 정도로 성황을 이루었는데, 당시 참석자 중 한 명이 『문학계』 편집장 니와 겐스케丹羽健介 씨였다. 그는 뒤풀이 자리에서 나의 강연문을 가라타니 선생의 강연문과 함께 『문학계』에 게재하고 싶다고 했다. 그래서 귀국 후 게재용으로 수정하여 보냈고, 이듬해 『문학계』 3월호에 〈근대문학의 종언 재고〉라는 특집글의 하나로 수록되었다. 참고로 함께 실린 가라타니 선생의 강연문 제목은 「문학이라는 요괴」[2]다.

「한국문학의 구조」는 2020년 2월 11일 도쿄대에서 열린 국제심포지엄 〈동아시아에서 세계문학의 가능성〉에서 행한 기조강연문으로, 원래 「한국문학은 세계문학일 수 있을까」라는 제목을 가지고 있었다. 이때도 심포지엄이 끝난 후 『스바루』의 부편집장 가와사키 지에코川崎千惠子 씨가 수록을 부탁했고, 수정 후 같은 해 『스바루』 6월호에 지금의 제목으로 게재되었다.

이전에도 일본의 문예지에 글이 실린 적이 있지만
...
[2] 이 글에 대해서는 가라타니 선생 팔순 기념 문집인 『가능한 인문학』(조영일 편, 2022, 비고)에 실린 「가능한 문학」에서 자세히 다룬 바 있다.

[3], 그것들은 모두 한국에서 이미 발표된 글을 번역한 것이었다. 하지만 이 책에 수록된 두 편의 글은 순전히 일본인 청중을 위해 썼고, 이후에도 일본인 독자를 염두에 두고 가필했다. 그 점에서 나름 새로운 경험이었지만, 새삼 이 부분을 강조하고 싶지는 않다. 어느 나라 독자냐에 따라 내용 자체가 특별히 달라질 것으로 생각하지 않기 때문이다.

나는 이제까지 한국인 독자만을 상정하여 글을 써 왔다. 그리고 그것들을 모아 네 권의 저서를 펴냈다. 운좋게도 그중 두 권(『세계문학의 구조』, 『가라타니 고진과 한국문학』)이 외국어로 번역되어 다른 언어를 쓰는 독자를 만날 수 있었다. 문예평론집의 경우 이전에도 몇 권인가 해외에 번역된 것으로 안다. 그런데 그것들은 모두 외국독자를 겨냥하여 재편집된 선집 형태의 책들이었다. 한국에 출간된 형태 그대로 번역된 비평집은 이 두 권 정도가 아닐까 한다.[4]

[3] 「韓国人は司馬遼太郎をどう読むか」, 『文學界』, 2016年 7月 / 「柄谷行人と韓国文学再考」, 『ゲンロン4—現代日本の批評 III』, 2016.

[4] 참고로 두 책 모두 소개되는 과정에서 정부기관이나 사설재단의 도움은 일절 없었다. 말 그대로 민간에서 이루

따라서 낯선 작가와 작품이 잔뜩 등장하는 이 책들이 외국에서 제대로 읽힐 수 있을지 걱정이 되었다. 그런데 의외로 많은 이들이 긍정적으로 읽고 평가해 주었다.[5] 그리고 이 책들 덕에 한국에서는 경험하지 못한 환대를 받았다.[6] 나라가 다르고 언어도 다르지만 문학이라는 공통분모가 이를 가능하게 만들지 않나 싶다. 문학에서 중요한 것은 어느 나라 사람인가, 어떤 언어로 썼는가가 아닌 것이다.

책 내용으로 짐작할 수 있겠지만, 이 책에 실린 두 편의 글은 일본에서 한국문학이 큰 주목을 받던 시기에 발표된 것이다. 지금은 한풀 꺾인 것 같지만, 정부

어진 일이다. 그 때문일까 『세계문학의 구조』는 한국문학번역원 디지털도서관에도 등록되어 있지 않다.

[5] 나카모리 아키오中森明夫, 후쿠시마 료타福嶋亮大, 이케다 유이치池田雄一 등이 문예지에 서평을 써주었다.

[6] 앞에서 언급한 나가이케강의, 세계문학 관련 심포지엄(도쿄대 주최)에서의 기조강연 외에 2019년 11월 30일에 있었던 〈근대문학의 종언〉 관련 국제심포지엄(도쿄대 주최)에서의 기조강연, 그리고 〈마이니치신문〉(2020년 1월 15일자), 『스바루』와의 인터뷰(2017년 2월호)를 들 수 있다. 참고로 『스바루』측은 인터뷰를 위해 항공비와 체류비 전액을 지원해 주었다.

의 체계적인 지원으로 일본출판시장에서 여전히 선전하고 있는 것으로 보인다. 당분간은 이런 분위기가 이어지지 않을까 한다. 그런데 이를 한류라는 맥락에서 한국문학의 일본진출로만 생각한다면 안타까운 일이 아닐 수 없다. 내가 긍정하는 세계문학은 그런 것과 거리가 멀기 때문이다.

마지막에 「재론」이라는 글을 추가했다. 이 글은 원래 가라타니 선생의 강연문 「이동과 비평: 트랜스크리틱」을 소개하기 위해 쓴 글[7]로, 이후 아즈마 히로키가 편집하는 잡지 『겐론』에 번역소개된 바 있다. 원제목은 「가라타니 고진과 한국문학 재론」이지만 너무 긴 것 같아 이번에 「재론」으로 줄였다.

세 편의 글을 엮으면서 전체적으로 다듬었지만 말하고자 한 바는 원래 그대로다. 굳이 바꿀 필요가 없었기 때문이다. 마지막으로 교정에 도움을 준 고정수, 김상혁 씨에게 감사드린다.

2022년 10월 10일
조영일

...
[7] 『자음과모음』, 2015년 가을호.

「韓国文学の構造」,『すばる』, 2020年 6月号(高井修 訳)
「実験としての批評」,『文學界』, 2020年 3月号(高井修 訳)
「柄谷行人と韓国文学再考」,『ゲンロン 4』, 2016年 9月(高井修/安天 訳)

한국문학의 구조

조영일

초판 1쇄   2022년 11월 11일

펴낸곳   비고

주 소   경기도 광명시 광오로 17번길 9-1 201호

출판등록   2019년 5월 3일 제2019-000008호

팩 스   050-7533-4398

트위터   @vigo_books

이메일   vigobooks@naver.com

블로그   vigobooks.tistory.com

ISBN 979-11-972242-4-9 03800

값 16,000원